クソゲー悪役令嬢 外伝
無理ゲー転生王女
1
バグしかないクソゲーに転生したけど、絶対クリアしてやる！
タカば
イラスト 四葉凪
IZUMI
いずみノベルズ

JN219339

登場人物紹介

コレット・サウスティ

本作の主人公。生き残るためにひたすらダッシュ！

世界を救う聖女……に転生した理系女子大学生。

南の大国サウスティの王女として、隣国イースタンの王子アクセルと結婚する予定だった。しかし、結婚式当日にアクセルから婚約破棄を言い渡され、人質として幽閉されてしまう。

婚約者も財産も側近も奪われた彼女に残されたのは、子猫一匹とあきらめない心だけ！

ディートリヒ

女神が遣わしたコレットの使徒
無理ゲーすぎる世界の難易度調整のため、女神が生み出した使徒。主のためなら大体なんでもやるコレット至上主義。
女神がうっかり力の配分をミスったせいで子ユキヒョウの姿で登場するハメになった。

運命の女神

味方にすると恐ろしいポンコツ女神
世界を幸福に導く運命の女神。根は善良なものの、行動はウカツでソコツなポンコツ神。よかれと思ってしたことが、しばしばコレットたちを窮地に陥れる。

ルカ・オーシャンティア

生き残るためには手段を選ばない少年王子

海洋国オーシャンティアの第三王子。コレットとアクセルの結婚式に参列するためにイースタンを訪れたところ、他の参列者と一緒に人質にされた。生き残るためにはウソ泣きでもなんでもやる、バイタリティあふれる少年王子。

アクセル・イースタン

大陸征服をもくろむコレットの元婚約者

東国イースタンの王子。サウスティとの同盟強化のため、コレットを花嫁に迎えるはずだった。しかし、結婚式当日にコレットとの婚約を破棄。西側諸国に宣戦布告した。

エメル

邪神を崇める国の魔女姫

イースタン東に位置するアギト国の第二王女。アクセルを篭絡《ろうらく》し、西側侵攻をもくろむ。

ディートリヒ
コレット・サウスティ
ディートリヒ……？

クソゲー悪役令嬢外伝　無理ゲー転生王女①

バグしかないクソゲーに転生したけど、
絶対クリアしてやる！

タカば　著

イラスト　四葉凪

転生王女は敵国の城から脱出したい

始まりの婚約破棄

「コレット・サウスティ、お前との婚約を破棄する！」

結婚式の当日に、婚約破棄を言い渡された。

いや当日どころの話じゃない。

今私たちが立っているのは、イースタン王国最大の神殿ホール中央。結婚式で花嫁と花婿が立つ場所だ。

私たちの間には神官が立ち、ホールには見届け人がずらりと並んでいる。あとは祭壇に祀《まつ》られた運命の女神に誓いを立てさえすれば、婚姻《こんいん》が成立する。

そんな時になって、今。

婚約を破棄する？

「アクセル様……」

私は婚約者の名前を呼ぶ。

破棄を言い渡されたけど、私はその宣言を了承していない。まだ婚約者と呼んでいいはずだ。

「ご冗談は、およしになってください」

「冗談ではない。お前とは結婚しない！」

アクセル王子は、きっぱりと断言した。

見届け人たちの目の前で。

「あなたは、この結婚の意味がわかっているのですか? 私はサウスティ王国から輿入《こしい》れしてきた王女、あなたはこのイースタン王国の第一王子です。婚約を破棄するとはつまり、両国の関係を……」

「同盟も破棄する」

ざわ、と見届け人の多くがざわめいた。

それもそのはず。

彼らの多くは、サウスティとイースタンの同盟強化を見届けるために、周辺国から集まった要人である。彼らの母国はいずれも、両国の同盟を支持している。

それが目の前で破棄されようとしているのだ。

慌てずにはいられないだろう。

「サウスティの支援なしにどうやって東のアギト国と戦うのです」

イースタンの国土の東端には険しい山脈があり、さらにその先には異民族国家アギト国があった。西の豊かな国土を狙うアギト国は、山を越えてたびたびイースタンへと攻め込んできている。周辺国の支えなしに、イースタンが国土を守るのは不可能だ。

この結婚だって、その結びつきを強化するためのものだったのに。

「アギト国とは戦わない」

「え?」

すっ、と王子の後ろに控えていた侍女のひとりが立ち上がった。

ただの侍女だと思っていたその少女が王子の隣に立ち、頭からかぶっていたベールを脱ぐと、立会人たちにさらなる動揺が走る。

漆黒の闇を写し取ったような黒髪に、黒い瞳。

きめの細かい象牙《ぞうげ》の肌。

美しい少女はその身に異民族の特徴を色濃く宿していた。

「アギト国の第三王女、エメルだ。俺は彼女と結婚する」

同盟国の王女との婚約を破棄し、敵国の姫君と結婚する。

それが意味するのは。

私と同じ結論に至った神官が声をあげた。

「い……イースタンは、アギトと手を組むというのですか⁉運命の女神を邪神と蔑《さげす》む異教の国と！」

詰め寄る神官から、アクセルは嫌そうに顔をそむけた。

「ハ、運命の女神など、こっちから手を切ってやる」

「なんと不敬な！　それは女神への冒涜《ぼうとく》……」

「うるさい」

神官の言葉は最後まで紡《つむ》がれなかった。

アクセルが腰にさげていた剣で、切りつけたからだ。

「……っ」

声もなく、神官が床に崩れおちる。

その姿を見て、見届け人たちの間からいっせいに悲鳴があがった。

「なんてことを！」

そのうちの数名が、王子に向かっていこうとしたが、かなわなかった。

事前に配備されていた屈強な騎士たちがさっと間に入り、彼らの行く手を阻《はば》んだからだ。

花嫁予定だった私だけが、アクセルの近くに立っていたけど、何もできなかった。

一歩でも動いたら最後、私も神官と同じように殺されてしまう。

「イースタン王国はアギト国と同盟を組む。そして、サウスティ、オーシャンティア、ノーザンランド三国とは同盟関係を破棄し、宣戦を布告する！」

アクセルの声が神殿に響き渡った。

今度は逆に全員が無言になる。

元婚約者は、やっと私を振り返った。

「コレット・サウスティ、そして見届け人の使者たちには、この戦争の人質になってもらう」

花嫁になるはずだったその日。

私は人質になった。

どうしてこうなった

婚約破棄のショックで、前世を思い出しました。

目を覚ますと同時に頭に浮かんだフレーズに、私は顔をしかめた。

異世界転生もののラノベではよくある展開だ。頭を打ったとか、適当なショックで、今まで封印されていた記憶がよみがえり、新しい自分になったことを自覚する。

だいたいはそういう展開なのだが。

「なんでこんなところに転生してんの、私」

最初に口からこぼれた言葉はそれだった。

「意味がわからない……」

私はむくりと体を起こして、周囲を見回した。

整えられたインテリアに、ふかふかのベッド。貴人向けの客室のようだけど、窓には頑丈そうな鉄格子がはめられ、室内に衝立《ついたて》つきの洗面所とトイレが設置されている。

いわゆる、監禁部屋というやつだ。

私は、おそるおそるサイドテーブルに手を伸ばした。そこには、よく手入れされた手鏡がある。中を覗き込んでみると、『前世の私』とは似ても似つかない、美少女の姿があった。濃いまつ毛に縁どられた大きな瞳は澄んだエメラルドグリーン。豊かな髪は、赤みがかった豪華なストロベリーブロンドだ。

この顔には見覚えがある。

「雪那《せつな》が作ってたゲームのヒロイン、コレットだよね？」

「ぴんぽんぴんぽん、だいせいかーい！」

場違いに能天気な声が、部屋に響き渡った。

「ええ⁉」

思わず声のした方向を振り向くと、そこにはファンタジー世界にはそぐわない、パーカーにデニムパンツの女性がいた。

あまりに異質すぎて、背景の素朴な中世ヨーロッパ風家具から、完全に浮いている。

彼女の姿には見覚えがあった。

「あなた……メイ……？　雪那のイトコだった」

「それは世を忍ぶ仮の姿！　実はこの世界を守護する運命の女神だったのです！」

茫然とする私の目の前で、一瞬メイの輪郭がほどける。そして次の瞬間には、女神としか言いようのない神々しい姿の女性があらわれていた。

「これが本来の私の姿でーす。どう？　それっぽいでしょ？」

「ええぇ……なんで女神が、雪那のイトコに……？」

「それは暗示ですね。まわりのあなたがたに不審がられず、雪那くんと交流をもつために、適当な関係を刷り込ませていただきました」

「あ……そう、そうだよ！　父親以外に雪那を養育できる親族がいないから、お隣の私たちがあの子の面倒を見てたのに。それでイトコなんて近い親戚が出てくるわけないじゃない！」

　なぜ今まで気づかなかったのか。

「どうしてそんな存在が、雪那のところに……？」

「それはゲームを作ってもらうためですねぇ」

「ゲーム？」

「私は神として、世界を幸福に導く役割を担っています。それは存在そのものに刻まれた使命なのですが……私にはそのあたりをうまく運ぶ才能がないようで。何をどうやっても世界が滅ぶんですよ」

「えー？」

　存在意義なのに？

「私もそれでいいとは思ってませんよ？　だから、女神が力を貸したら何が起きるか、直接干渉する前に徹底的にシミュレーションするシステムを作ることにしたのです」

「それが、雪那の作ってたゲーム？」

「はい。……私の力では、シミュレーションシステム製作そのものが、世界の滅びにつながりかねかったので」

「それでもやっぱりおかしくない？　どうして雪那なの」

「彼ほどの適任はいません」

女神はにこりと笑った。

「雪那くんは、九十二歳であの世界を去るまでの間に、約百件ものシミュレーションシステムを開発。それらのおかげで、千以上の世界が救われました」

「マジものの救世主じゃないの」

世界救済シミュレーションゲームを開発とか、スケールが大きすぎて、ちょっとついていけない。

確かに、あの子は頭がよかったけど。

「でも、これらのシステムは本来完成しないはずでした」

「え？」

「彼は、十歳の時にコンビニ強盗に襲われて、死ぬ運命にあったからです」

コンビニ強盗、と聞いてはっとする。

そうだ、転生したということは、つまり私は死んだということ。

私が死んだ原因は。

「彼は隣の家に住む二十歳の女子大学生、花邑紫苑《はなむらしおん》さんにかばわれて、奇跡的に生き残ることができました」

「あ……」

「救世主を救った紫苑さん。あなたもまた、救世主のひとりなのです」

強盗からとっさにかばった男の子が、救世主になった。

だから私も救世主。

いまいちぴんとこない。

女神は私の疑問なんか気にせず、得意満面で宣言した。

「そこで、世界を救ったあなたに、ご褒美として新たな生をプレゼントしたわけです！」

「なるほど……転生した経緯はわかった。でも、どうして転生先が『イデアの前奏曲《プレリュード》』なの？」

システム自体が百近く、さらにゲーム化された世界が千以上あるのなら、転生先は選び放題のはずだ。それなのになぜ、わざわざイデアの世界に来る羽目になったのか。

「そこは縁の問題ですねえ。私が紫苑さんの魂を運べるのは、本人がプレイしたことのあるシミュレーションゲームの世界だけなので」

「大人になった雪那がどれだけすごいゲームを作ってても、私が転生できるのは十歳の時に作ってたものだけ、ってこと？」

「さすが、理解が早くて助かります」

私は頭を抱えてしまった。

「ご褒美《ほうび》、って言ってるけど……コレほぼ罰ゲームじゃない？」

言ってはなんだが、イデアの前奏曲は完成度の低いクソゲーだ。

ジャンルは一応乙女ゲーム。一応、と前置きがついてしまうのは、恋愛イベントの他に戦争イベントや陰謀イベントなど、殺伐としたイベントがこれでもかと山盛りになっているからだ。恋愛要素も楽しめる戦記シミュレーションもの、と言ったほうがいいかもしれない。

ヒロインであるコレットは、邪神を倒し世界を平和に導く使命を持っている。しかし冒頭で理不尽に婚約破棄を言い渡されたあと、理不尽に幽閉され、理不尽に虐《しいた》げられ、理不尽に命を脅《おびや》かされる。元同盟国と戦争を始めた敵国のど真ん中にいることもあり、そこらじゅうに死亡フラグがばらまかれているのである。

雪那が開発していた横で、ゲームをテストプレイしていたけど、あれはひどかった。ちょっと目を離したら死ぬ。選択肢を間違えても死ぬ。何やっても死ぬ時は死ぬ。主人公があまりに理不尽に死にすぎるせいで、私は途中で攻略を放棄してしまっていた。アレが何をどうやったらハッピーエンドになるのか。まったく想像がつかない。

転生したその日のうちに命を落とすとか、笑い話にもならないんだけど。

「そこは大丈夫です。私が……あ」

突然、キラキラした女神の姿がかき消えた。代わりに、ドカドカと何者かの足音が近づいてくる。

「コレット、起きろ！」

ドア越しに聞こえてきたのは、元婚約者アクセルの声だった。

「っ……！」

こちらの返事を待たず、乱暴にドアを開けて入ってきたのは、元婚約者のアクセルだった。そのそばにはアギト国の姫君エメルが。そして彼らの後ろには武装した騎士の姿がある。

「何の御用でしょうか？」

私は背筋をぴんと伸ばして、彼らに相対《あいたい》した。

運命の女神の登場で、意識が花邑紫苑にひっぱられていたけど、今の私はサウスティ王国の王女『コレット』でもある。

一方的に婚約破棄して、同盟破棄してきた相手に、ひるんではいられない。

アクセルは懐から羊皮紙を取り出した。

「手紙だ、コレット。お前の兄……サウスティ王に、助命嘆願の文を書け」

「あなたの命を助けろと？」

軽く逆らってみせたら、アクセルにぎろりとにらまれた。

「お前の、命だ。妹の命を惜しいと思うのなら、イースタンの要求に従ってください、と懇願《こんがん》するんだ」

つまり、命乞いの手紙を書けと。

現世の私、コレット・サウスティにはふたりの兄がいる。ひとりは、体調の思わしくない父に代わり、二十代の若さで王位を継いだサウスティ王、レイナルド。もうひとりは多忙の王にかわり、外交の任を担う王弟ジルベールだ。

「早くしろ。手紙にお前の指を添えてやってもいいんだぞ？」

アクセルは懐《ふところ》にさしていたナイフを抜くと、見せびらかすようにして私に向けた。『うるさい』の一言で斬り殺された神官の無残な姿が、脳裏をよぎる。

でも、まだ大丈夫。

ここまでのシナリオは覚えている。まだ。

「……人質は、無傷であればこそ、その価値があります。私を髪の毛一筋でも傷つけようものなら、交渉の余地など消し飛んでしまいますわよ？」

正解選択肢のセリフをそらんじる。それを聞いて、シナリオ通りアクセルの顔がゆがんだ。

よし、これでこの場での危害は回避できたはず。

戦うと宣言しても、いきなりすべての国とは戦えない。まずは人質を使って交渉する段取りのはずだ。

「小賢しいことを。今朝までの従順さはどこにいった？」

そりゃー、婚約破棄されるまでは結婚相手だったからね。なんでも笑って従うように教育されていましたとも。

でも、今のアクセルは元婚約者で敵対国の王子様だ。

下手に反発するのもよくないが、へりくだりすぎてもナメられる。

私が大事な『人質《あずかりもの》』だと認識を改めてもらわないと。

「脅されなくても、手紙は書きます」

私はペンを取ると羊皮紙にお兄様あての手紙を書いた。内容はアクセルの要望通り、シンプルな命乞い。

ここに婚約破棄の経緯とか、細かい情報を暗号にしていれることもできるけど、やめておく。私の記憶が確かなら、暗号がバレて、逆上したアクセルに切り殺されるエンドがあったはず。

下手な小細工はかえって命取りだ。

「どうぞ」

最後に署名して渡したら、ひったくるようにして取られた。

「保管しておけ」

手紙はおつきの騎士の手に渡る。他の手紙と一緒にサウスティに送られるのだろう。

「本気で、三国とことを構えるつもりなのですか?」

「もう冗談ごとですまないことくらい、お前にもわかるだろう」

隣国から来た花嫁を監禁して、お祝いに集まった各国要人を人質にしたからなあ。いまさら、やっぱやーめた、とはいかないだろう。

しかし、彼の言う周辺三国との全面戦争も現実味がない。

「三国から……いいえ、サウスティからの食糧援助なしに、どう国を成り立たせるおつもりです」

イースタンの国土のほとんどは山岳地帯だ。土地は痩せ、気候も厳しい。その上、すぐ東には西側諸国を虎視眈々と狙う異民族国家アギト国がある。

周辺国の支援、その中でも南の食糧庫と呼ばれるサウスティからの穀物がなければ、本来立ち行かない国なのだ。私とアクセルの結婚も、元は両国の関係を強くしたいイースタン側から持ちかけられたものだ。

そのことを指摘すると、アクセルは目を吊り上げた。

「お前らはいつもそうだ！　二言目には援助、援助、援助！　食い物を与えたのだから、おとなしくアギト国と戦ってろ！　西側諸国が後方でぬくぬくと暮らす間に、どれだけのイースタン国民が命を落としたと思う」

「確かに、イースタンはアギト国との緩衝《かんしょう》地帯として、苦しい立場にあることは承知していますが……」

「緩衝地帯？　異民族を入れないための、生贄《いけにえ》国家だろうが」

バン、とアクセルの拳《こぶし》が壁を叩く。

その勢いに私は思わず体をすくませる。

私に危害を加えないよう、進言しておいてよかった。先に釘を刺しておかないと、感情のままに殴られてバッドエンドだからね……。

「お前らに操《あやつ》られ、戦わされるだけの人生なんて、ごめんだ」

「おいたわしい、アクセル様」

王子の隣でずっと黙っていたアギト国の姫エメルが口をひらいた。柔らかな声音を聞いたとたん、怒りに燃えていたアクセルの顔が緩《ゆる》む。

「ああエメル……俺を気遣ってくれるのはお前だけだ」

「悲しみの歴史は私たちで終わらせましょう」

「そうだな。アギトとイースタンが手を結んだことで、東に敵はいなくなった。ともに手をとりあい、俺たちを虐《しいた》げた三国、いや西側諸国すべてに復讐の鉄槌《てっつい》を下そう。俺たちは大陸を統《す》べる覇者《はしゃ》となるのだ！」

アクセルはくつくつと楽しげに笑う。

私はたまらず、もうひとつの疑問を彼にぶつけた。

「イーリス様は、あなたの妹君はどうされるおつもりです。私と入れ替わりに、サウスティに入り、ジルベール兄様の妻になったはずでしょう」

実のところ、私たちの結婚は、兄たちの結婚でもあった。

お互いに血を分けた大事な妹を嫁がせることで、決して裏切れない絆《きずな》を結ぶはずだったのだ。

「婚約破棄がサウスティに伝わったら、イーリス様がどんな目にあわされるか」

兄たちは優しいが、立場は王族だ。妹が虐げられたと知って、相手国の姫君をそのままにしておくとは思えない。家族を生贄にしておいて、何が復讐の鉄槌か。

「妹は、問題ない」

アクセルはにいっと笑う。

嫌な表情だった。

「お前には、まだしばらく役に立ってもらう。命が惜しければ、おとなしくしていろ」

「……わかりました」

私が従順にうなずいたのを見て、踵《きびす》を返す。エメルもまた寄り添うように彼を追った。

ばたん、とまた乱暴にドアが閉じられる。次いで重い錠前の音が響き、部屋の前から完全に人気がなくなったところで、私はやっとその場にへたりこんだ。

入れ替わりに、パーカーデニム姿の女神がひょこっと姿をあらわす。

「コレットさん、聖女役やれそうです？」

「無理無理無理無理無理無理！　絶対無理っ！」

のんきに笑っている女神に向かって、私は悲鳴をあげた。

「チュートリアルイベントで、すでに死亡フラグがゴロゴロ転がってるようなゲーム、クリアできるかっ！」

「そんなにありました？」

「あったよ！」

特にアクセルへの反論と、手紙の文面！

現在のイースタンでは、アクセル王子とエメル姫が絶対の権力者だ。彼らの怒りに触れれば、即バッドエンド直行である。選択肢を覚えていたからいいものの、忘れてウカツな行動をとっていたら、その時点で死んでいた。

「えええええ……本当にコレットとして生きるしかないの？　こんな死亡フラグだらけの世界で？」

今の私にとって、この世界はゲームじゃない。現実だ。

直前のシーンまで巻き戻る便利なセーブ&リロード機能なんてない。

ルート分岐マップもない。

選択肢をひとつでも間違えたら、即デッドエンド。

ただただ非情な死を受け入れる他ない。

ゲームはゲームでも、罰ゲームだろ、この転生。

「やっぱり、難易度に問題アリ、ですかあ」

「やっぱりってなに、やっぱりって！」

問題あるってわかってて、転生させるな。

「実はこの世界のシミュレーションゲームって、雪那《せつな》くんがはじめて作ったいわゆる『処女作』なんですよ。世界全体の運用テスト回数も極端に少なくて、幸福に導くためのチューニングが不十分なんですよね」

「ええっと……？　つまり？」

「テストプレイもデバッグも進んでないんです。だから女神の私も大団円ルートは確認できてません」

だからなぜそんな世界に転生させたし。

「でもご安心ください！　あなたの世界救済をサポートする、お助けキャラを用意しました！」

「お助け……キャラ？」

「ほらよくいるじゃないですか！　ゲーム開始と同時に登場して、遊び方とか攻略方法とかを教えてくれるキャラですよ」

「チュートリアルにでてくるアレかな……」

ゲームに説明書がつかなくなった昨今、その代わりにプレイヤーのそばでちくいちヘルプテキストを語ってくれるサポート役だ。そのまま相棒役になることも多い。

「あなたの結婚式の場で、アクセル王子に切り殺された神官がいたでしょう。彼の体を使って、新たな命を作っておきました」

「ヒェッ!?」

女神がとんでもないことを言い出したので、私は思わず声をあげてしまった。

それって、遺体を再利用したってこと？

いくら女神でもやっていいことと、悪いことがあるのではないだろうか。

「わわ、悪いことなんてしてませんよ！　彼は、運命の女神を支持した結果命を落としました。つまり殉教《じゅんきょう》です！　女神に命をささげた恩寵《おんちょう》として、加護を与えられるのは、神官にとって最高の栄誉なんですよ。魂は輪廻《りんね》の輪に旅立つことになりましたが、そのぶん思いっきり祝福を与えておきましたから！」

「ええと……神官にとってはご褒美だから、おっけー……ってこと、なの、かな？」

「ですです！」

いいのかな？

本人が納得しているのなら、いいのか？

女神を信奉《しんぽう》するサウスティ王国のコレットとしては納得できるけど、無宗教な現代日本人花邑紫苑としては微妙にしっくりこない。

「こちらが、あらかじめご用意したお助けキャラになります！」

料理番組のようなノリで、女神は私の目の前に何かを出現させた。

「わあ……」

それを見て私は思わず声をあげてしまった。

元が神官の遺体と聞いて身構えてたけど、出現したのは人じゃなかった。ちょうど子どもが抱っこしやすいぬいぐるみサイズの子猫だ。

体を覆うふわふわの毛並みは主に白。全身にグレーの水玉模様で、一部はわっかのような丸い模様になっている。まんまるの大きな目は、透き通るようなアイスブルーだ。

かわいい。

めちゃくちゃかわいい。

ちょっと耳が小さめで丸いのも、体に対して手足が大きくてアンバランスなのも、太いしっぽも、全部がかわいい。

前世では雪那《せつな》のお世話で忙しくて、動物を飼う余裕はなかったんだよね。現世でも、お城で飼ってるのは猟犬とか軍馬とかばっかりで、愛玩用《あいがん》の動物っていなかったし」

「あれ？」

子猫のあまりのかわいさに言葉を失っている私の隣で、女神が首をかしげた。彼女が子猫に顔を近づけた瞬間。

「この駄女神がっ！」

子猫はバリトンイケボで叫びながら、強烈なねこぱんちを女神にくらわせた。

「いったぁ～っ！」

女神は攻撃を受けた頭を押さえながら叫んだ。相手が子猫とはいえ、けっこうな衝撃だったみたいで、涙目だ。

え、女神って痛覚あるの。

いやいやいや、それより今問題なのは、謎の子猫だ。

女神の話が確かなら、子猫は彼女が作り出した存在のはず。それが攻撃してくるってどうなの。

「いきなり何するんですかっ！　なんか見た目もおかしいですし！」

「これはあなたのせいでしょうが」

「わ、私？」

「そうです！」

子猫はぶわっと毛を逆立てた。

たぶん怒ってるってポーズなんだろうけど、ふわふわがさらにふわふわになるとか、何の拷問《ごうもん》だ。なでたい。

「あなた、輪廻《りんね》の輪に戻る神官の魂に祝福を山ほど与えたでしょう。そのせいで、私の顕現《けんげん》に必要な力が足りなくなったんですよ」

「あっ！」

「仮にも女神なら、算数くらい正確にやりなさい！」

「ごっ、ごめんなさーいっ‼」

バリトンボイスで説教する子猫に、平謝りする女神。

なんなの、この状況。

「ええと……？　あなたが、私のお助けキャラってことでいいの？」

「左様です。私のことは、女神に身をささげた神官の名前を継ぎ、ディートリヒ……ディーとおよびください」

なんだろう、この既視感。

やりとりに、妙になじみがある。

でも現実に体験した会話じゃなくて……そうだ、アレだ。

いわゆる執事キャラってやつだ。

こういうの、嫌いじゃないけどさあ！

「ちなみに、ディーは元々どんな姿だったの？」

「ベースにした神官と同じ、成人男性のはずでした」

「ゴリッゴリに紫苑さん好みのイケメンにチューニングしてたんですよ！」

運命の女神はなぜかそこで得意満面になる。

好みのイケメン従者がついてくるとか、それどんな乙女ゲームだよ。あ、一応『イデアの前奏曲《プレリュード》』は乙女ゲーだったか。

「しかし、女神が神官に祝福を大盤振る舞いしたために、エネルギー不足が発生。私はユキヒョウ……それも幼体の姿で顕現するのがやっとだったのです」

子猫、いやユキヒョウの赤ちゃんは、むすっと口をつぐむ。

かわいい。

でも、たぶんソレ言ったら怒られるんだろうなあ。

十歳年下の弟（お隣さん）を育てた私は知っている。

相手が何歳でも、男の子に『かわいい』は禁句なのだ。

私は代わりに疑問を口にする。

「人間の子どもじゃダメだったの？」

はああ……とユキヒョウは妙に人間くさい表情で重いため息をついた。

「今の力ではせいぜい生後半年の赤ん坊程度にしかなれません。それではあなたの助けにならないでしょう」

子どものお世話は慣れてるけど、赤ちゃん連れで即死ゲームの攻略は無理だ。

「幼体であっても、自力で歩けて身が軽く、さらに、ツメやキバなどの武器を持つ生き物として、ネコ科の動物を選択しました」

それでこの姿、と。

声だけ低音バリトンなのは、元の姿の影響かな？

ふわもこ子猫のイケボギャップがよけいにツボってしまう。

ディーはその丸い頭を下げる。

「私は女神の恩寵により生まれた、あなたのための使徒。私の体は血の一滴まであなたのもの。あなたに忠誠を捧げ、生涯……いいえ、永遠にお仕えすることを誓います」

「えいえん……？」

重い重い重い。

忠誠心が重い。

私は突然の永遠お仕え宣言に言葉を失った。

しかし子猫と女神は動じない。というか女神は何かを期待したキラキラした目でこっちを見ている。

ディーもまた、頭を下げたまま、じっとこちらのリアクションを待っていた。

いきなり血の一滴とか忠誠レベルが高すぎませんか。

ディーの意志とか人権とかないんですか。

女神の作った存在だからそもそも人権関係ないんですか。

いきなり人ひとり（猫？）背負うとか、現代日本人には文字通り荷が重いんですが。

「……っ」

あまりに強い気持ちに尻込みした私は、拒否しようとして……直前でその言葉を飲み込んだ。

助けの手を拒んでどうなる。

今の私は孤立無援だ。

平凡な姫君の体に力はなく、優れた頭脳もない。

死亡フラグがゴロゴロしているこの世界で、絶対に裏切らない味方ほど頼りになるものはない。

迷ってたって、死亡フラグにつかまるだけ。

重みは強み。

責任を負ってでも得るべき、必要な力だ。

私は意を決して、ディーに手を伸ばした。

「私、コレット・サウスティは、女神の使徒ディートリヒの忠誠を受け入れます」

ディーは私の指先を小さな舌でぺろりとなめる。ふわふわの毛並みが一瞬淡い光をまとって、消えた。これで契約成立らしい。

「では、さっそくご案内を始めましょう」

子猫はすっと居住まいをただして、私を見上げた。

「私は、あなたのためのナビゲーションシステムです。基礎データとして、アギト国を含む周辺八か国の情勢を把握しています。また、過去に行われた試行結果……いわゆるテストプレイ結果も記憶しています」

「バッドエンドルートを把握してくれてるのは助かるわね」

「ただし、これらのデータは観測時点のものになります」

「観測時……？　ゲームプレイ時のデータってことよね。なんでそんなただし書きがつくの？」

「聖女の行動は、運命を変えますから。あなたがシナリオにない行動をすれば、それだけ観測データとのズレが生じます」

「行動すればするだけ、ディーのデータがアテにならなくなるのね」

「申し訳ありませんが」

ディーはまた丸い頭をさげる。

「謝る必要はないわ。むしろ、行動するごとに手持ちのデータがゆらゆら変動するほうが気持ち悪いから。小さな行動の波紋が広がって、最終的に大きな影響を及ぼすって理屈は理解できるし」

「ずいぶんと話が早いですね」

人をこの事態に巻き込んだ女神が目を丸くする。

「雪那《せつな》に比べたら全然だけど、紫苑も一応工学部の学生だったからね。一般教養として、カオス理論とバタフライエフェクトについては、概要くらいは習ってるわよ」

三年生の途中で死んだから、専攻のトップクラス知識までは持ってないけど。

そんな経歴だから、ファンタジー世界だからとふわっとした表現をされるより、データや数値で話をしてくれるほうが、わかりやすい。

「私の主な役割は、これらの情報をもとにした、状況分析と行動の提案です。ただし、すべての決定権は、コレット様にあります」

「アドバイスはするけど、決めるのは自分ってことね」

そう聞いて、少なからずほっとする。

ゲームによっては、お助けキャラの言うことに従ってイベントが起きるばっかりで、選択肢の意味もマルチエンディングの意味もない時ってあるからなあ。

せっかく一度きりの人生として体験するんだから、選択の自由度は残しておいてほしい。

……って、そもそもこの世界は現実なんだっけ。

「私にはもうひとつ能力があります」

ディーはぷにぷにの肉球を見せつけるようにして、前脚をあげた。

本人は手を挙げただけのつもりなんだろうけど、大真面目な顔と肉球のぷに感がアンバランスすぎる。

おててにハイタッチしちゃダメかなあ？

ダメだよね？

「……も、もうひとつって何」

「女神の力の行使、いわゆる奇跡を起こすことができます」

「マジで⁉」

奇跡が起こせるとか、チートキャラじゃん！

「とはいっても、すぐに何でもできるわけではありません」

「だよねー」

ディー自身、女神の力が足りなくてユキヒョウの姿になってるくらいだ。なにか大きな制限があるんだろう。

「この世界は、運命の女神である私と邪神との間で、世界への影響力を奪い合ってるんですよねえ」

おもむろに女神が口を開いた。

「邪神は信徒を使って他国を侵略し影響力を得る。私は、聖女に力を与えて、民衆を導かせて影響力を得る。コレットさん、あなたが邪神の意に反して行動し、世界を変えるたびに私の影響力が強まる仕様です」

「仕様て」

神様なら、その構造自体を変えたりできないのだろうか。

「それは無理ですねえ。世界そのものの設定は、創造神様の権限なので……私がどうこうできないんですよ」

「上司の領域だから手出しできないって、なにその縦割り社会」

「神世界の理不尽、詳しく知りたいです？」

にい、と運命の女神は口を吊り上げた。

その目にさっきまでのへらへらした能天気な笑いがない。

何かよほどひどい目にあったらしい。深くつっこまないほうがよさそうだ。

「現在、コレット様は敵対国となったイースタン王国の王子に幽閉《ゆうへい》され、どこにも移動できない状態です。女神の影響力はほぼゼロと言っていいでしょう」

「とにかく邪神の思惑に反する行動をとって、少しでも影響力を上げる必要があるのね」

「その通りです」

ディーはこくんとうなずく。

「現在の彼らの目的は『コレット様を利用する』ですので、『脱出して母国サウスティ王国に帰還する』を当面の目的にしてはいかがでしょう」

「ここに閉じこもってても、いいことないもんね」

イースタンは私を交渉の材料にする気だ。

サウスティ王レイナルド兄様、王弟ジルベール兄様。

私の記憶にあるコレットの兄弟は、王族でありながらみんな情の深いひとたちだ。末っ子の妹を盾にされては、譲歩せざるをえないだろう。

私がここに留まれば留まるほど、事態は悪化する。

「じゃあさっそく脱出して……って、どうしよう」

私は監禁部屋を見回した。

窓には頑丈な鉄格子。重いドアには、やはり頑丈な鍵がかかっている。

ゲームの記憶が確かなら、建物は細長い塔のような構造だったはずだ。監禁部屋のある最上階から地上まではゆうに二十メートルはあるだろう。

非力な女の子と小さな子猫のコンビでは、とても突破できそうにない。

ゲームプレイしていた時はどうやってたっけ？　見張りと交渉するとか、家具から必要な道具を作るとか、超高難易度の脱出ゲームみたいなことをしていた気がするけど、細かいことは覚えてない。

それに、セーブもロードもできない一発勝負の環境で、針の穴を通すような脱出イベントをこなす自信はなかった。

「そのための奇跡ですよ」

ディーはトコトコとドアに向かって歩いていくと、前脚で軽くドアを叩いた。

かちん、と小さな音が響く。

「鍵を開けました。外に出ましょう」

「えええええ……大したことはできないんじゃなかったの」

一瞬で外に出られるようになったのは、けっこうな奇跡だと思うんだけど。

「だから、大したことはしていません。鍵は細かい金属部品で構成されているでしょう？　それらを少しだけ動かして、開いた状態に変えたのです」

子猫の口調はおちついているけど、胸をそらす姿は完全にドヤ顔だった。

私はその丸い頭をなでくり回したい衝動を必死におさえる。

我慢しろ私、このタイプのキャラにそれやったら、絶対キレられる。

「ちなみに、同じドアを開けるための奇跡でも、爆破したり、錠前を切り落としたりするには、何十倍もの力が必要になります。女神の影響力が小さいうちは、消費される力が最小になるよう、手段を厳選することをお勧めします」

「非現実なことをしようとすればするほど、女神の力が必要になるのね」

やってることは奇跡なのに、システムが妙に理屈っぽい。

「ちなみに、今どれくらい力が残ってるかって教えてもらえるものなの？」

「私は数値として把握していますが……少し、説明が難しそうですね」

残存戦力が直感的にわからないのは、なんだか落ち着かない。

それを聞いて、女神がぱっと顔をあげた。

「だったら、アイテム作りましょう！　ＨＰゲージみたいに、力の残量が色とか大きさで確認できるアクセサリー！」

しかし、子ユキヒョウはじろりと女神をにらみ返す。

「何もないところから特殊アイテムを出現させるのに、どれだけの力が必要だと思っているんですか。そんなことより、コレット様の身の安全の確保が先です」

「あっ！」

女神、そういうとこやぞ。

「最初のうちは、私のほうで実行可能な手段を提案いたします。コレット様はその中から、ご自分のお好みにあった奇跡をお選びください」

「サポートモードだね……お願い」

そしてこのユキヒョウの有能ぶりである。

サポートキャラがいてくれて助かった。女神と私のふたりだけじゃ、絶対生き残れない自信がある。

「まずは、部屋の外に出てみようか」

廊下に人の気配はない。

そっとドアをあけて、外をうかがっていると……。

「ねえ、ここから出して！」

下から子どもの声が響いてきた。

独りぼっちの少年王子

「出して、出してよ！ 独りぼっちは嫌だ！」

「やかましい、少しは静かにしろ」

低い男の声がしたかと思うと、ガン！ と大きな音がした。男がドアを殴りつけたらしい。

「ひぃっ！」

子どもは悲鳴をあげる。

あの勢いだ。直接殴られたわけじゃなさそうだけど、音だけでも怖くて仕方ないだろう。

「ひとりは怖いよう……侍女《じじょ》のセーラは？ 騎士のマイクはどうしたの？」

「あいつらは、アクセル様の手紙を持たされて城の外に出された。今頃オーシャンティアに向かってるだろう」

「えっ……お城にいないの？」

子どもの声が悲痛に震える。

「そうだ。あんたを守る者はもう誰もいない。泣いても叫んでも無駄だ」

「……そんな」

「わかったらおとなしくしてろ。あんたは腐っても王族だ。オーシャンティアが身代金を払えば、帰れるさ」

「は……はい」

子どもがおとなしくなったのを確認して、男もまた沈黙した。ドスドスという重い足音が少しずつ離れていく。音の響き方から察するに、階段を下りていったようだ。

「ディー、泣いてたあの子は誰？」

彼はナビゲーションキャラとして、各国の情勢を把握していると言った。ここにとらわれている子どもの情報も持っているはずだ。

思った通り、ディーは頼もしくうなずいてくれる。

「彼は、オーシャンティアの第三王子、ルカ・オーシャンティアですね。年齢は十歳。結婚式の立会人として派遣され、人質となったようです」

「十歳で、外交の公務を？」

「当初は複雑な交渉などなく、結婚式に立ち会うだけの予定でしたから。王に近しい者であれば、年齢は関係なかったのでしょう」

「そっか……」

私はディーをちらりと見た。

「あの、ディー」

「おすすめしませんよ？」

子猫の姿のはずなのに、ディーは器用に嫌そうな顔を作る。

「あなたひとりだけでも脱出困難なのです。年端《としは》もいかない子どもを抱えていては、よけい生存確率が下がることくらい、おわかりになるでしょう？」

「でも……」

あの子は泣いていた。

心細げに、声をあげて。

小さな子どもを置いて自分だけ逃げるなんて、耐えられない。

「ディー」

「負担になりますよ」

「それでも、決めるのは私なんだよね？」

ディーは自分の役割は提案までだと言っていた。決断は私の権利だ。

「……わかりました」

ディーの丸い頭が不承不承、縦にふられる。

彼に無理強いするのも心苦しいけど、それ以上に、ここに泣いてる子どもを残すことのほうが苦しいのだ。

マジでごめん。

でもその他の意見はちゃんと聞くから。

「……もともと、あなたはそういう人ですからね」

ふう、とため息をついてからディーは歩き出した。

「あ、ディー?」

「ついてきてください。彼の部屋の鍵をあけます」

「私の部屋の鍵と同じ要領ね。お願い」

私たちがあとからついていくと、ディーは階段をひとつ下のフロアまで降りて止まった。彼のアイスブルーの瞳が見上げる先に、私の部屋と同じ、分厚くて頑丈そうな扉がある。レイアウトは上の階とまったく同じだ。

ワンフロアにひとつずつ監禁部屋があり、それぞれに人が閉じ込められているらしい。

ディーが前脚で扉に触れる。

かちゃん、と小さな音がして鍵はあっさりと外れた。

「どうぞ」

「ありがとう……」

私はそっとドアを開ける。

中を覗くと同時に飛び込んできたのは……。

「身代金が払われたら解放される? あのケチオヤジが払うわけねーだろーが!」

元気いっぱい、全力で枕をブン投げているお子様の姿だった。

少年のやや癖のある髪は燃えるような赤毛。元は高級品っぽい子どもむけの服を、ぐしゃっと雑に着崩している。

あれ?

おかしいな?

聞いてるこっちの胸が痛くなるような、悲痛な声が聞こえてきていたはずなんだけど。

もしかして、部屋を間違えた？

「ディー？」

「間違いありません。先ほどの声の主です。声紋パターンを比較してみせましょうか？」

「だったらどうして」

「あなたの同情を引いたアレは、演技だったのでしょう」

ウソ泣き、というやつである。

全然気が付かなかったよ！

「あんたたち……誰だ？」

声に気が付いて、少年がぱっと振り向いた。若草色の明るい緑の瞳が、私たちの姿を認めて目を丸くする。

「私はコレット・サウスティよ。上のフロアに閉じ込められてた」

「あ……！ アクセル王子に婚約破棄されてた王女の！」

「こん……」

婚約破棄は事実でも、その属性で覚えられるのはちょっと嫌だな。

インパクトが大きかったのは認めるけど。

「王女様がなんでここに？ あんたも、人質にされてたよな？」

「ただ捕まってるわけにもいかないから、脱出しようとしてたの。そうしたら、あなたの泣き声が聞こえてきて……心配になって、見に来たんだけど」

少年はそこではじめて、自分が素で話していることに気が付いたらしい。はっとした顔をした次の瞬間、あわれっぽい上目遣いになる。

「そうなんだよ……ひとりで心細くって……」

うわあ、美少年の涙目の破壊力ヤバい。さっきまでの元気な姿を見てても、ちょっとかわいそうになってくるんだけど。

「くだらない演技はやめなさい」

低い声とともに、子ユキヒョウがビシっとルカ少年の脛《すね》にねこぱんちをくらわせた。

「いてぇっ！　猫がしゃべった？」

「猫ではありません、ユキヒョウです。……幼体であることは認めますが」

「いや問題そこじゃねえだろ！　え？　王女様って使い魔が操れるレベルの魔女なわけ？」

「ディーがしゃべれるのは、私の力じゃないんだけど。えーと、どう説明したらいいのかな」

そもそも、ディーが普通の子猫じゃないって、彼にばらしていいんだろうか。

「ルカ王子を本気で助けるのであれば、最低でもサウスティ本国まで連れていく必要があります。長期にわたって、私の正体を隠すのは不可能と判断し、あらかじめ明かすことを選択しました」

「それもそっか」

「だから、あんたたちどうなってんだよ」

ディーはすっと手足を揃えると、お澄ましポーズになった。

「コレット様は運命の女神より、世界を善き運命へと導く天啓《てんけい》を授かったのです。私は聖女となったコレット様のために造られた、女神の使徒ディートリヒ。ルカ王子、あなたはコレット様のひとり目の救済対象になります」

「運命の女神……マジで……？」

ルカは大きな緑の瞳をさらに見開いた。

そうか、転生とかゲームとか、ややこしい用語を抜いてイイカンジ風にまとめるとそういうことになるのか。そこだけ聞くと、すごい聖女っぽいな、私。

「そこに運命の女神本人もいるよ」

私は相変わらずパーカーデニム姿の女神に視線を向ける。神々しいほうの姿はともかく、こっちの姿を見たらありがたみが減ったりしないだろうか。

「うん？　誰もいないけど。コレットは何が見えてんの？」

「え」

何がと言われても、パーカーデニムのお姉さんなのだけど。

しかしルカが嘘をついているようには見えない。

それを聞いて運命の女神はへらりと笑った。

「私は縁をよりどころにする、運命の神ですからねえ。かかわりが深いコレットさんやディーはともかく、一般人には視認できませんよ。長年女神に祈りを捧げてきた敬虔《けいけん》な高位神官で、やっと声が聞こえるくらいでしょうか」

「そういうとこだけ、ちゃんと神様っぽいんだ」

「ちゃんともなにも、存在が神なんですよ、私は！」

庶民感マシマシのパーカー姿で胸をはられても。

「なあ……本当にあそこに何かいんの」

まだ信じられないのか、ルカ少年は子ユキヒョウに耳打ちをする。ディーは面倒そうにため息をついた。

「お疑いであれば、信じなくてもけっこう。遠慮なくここで見捨てていけますので」

「それはやめてくれよ！　ここに置いていかれたら、マジで死ぬんだから」

「どうして？」

「そりゃ、俺が第三王子だからだよ」

ますますどうしてなんだろう？

状況をいまいち把握しきれていない私を見て、ルカは大仰にため息をついた。

「俺は、オーシャンティアの王子っていっても、身分の低い妾が産んだ三番目なんだよ。第一王妃が産んだ兄貴が上にふたり、後妻に入った第二王妃との間にもひとり弟がいる。まあ、いらない子ってやつだな」

「いらないって、そんな」

身分社会のこの世界で、産まれた順番や母親の格が生い立ちに影響することは、理解している。だとしても、やはり王の血を受け継いだ子どもだ。いらない扱いはどうなのだろう。

「いーっていーって、事実は正確に把握しとかねーと、足元すくわれるから」

本人は気にしてないように見えるけど、やっぱりちょっと納得がいかない。

私が渋い顔をしていると、隣で運命の女神が首をかしげた。

「あれ？　コレットさんとアクセルの結婚は、同盟国にとって重要な問題ですよね？　どうしてそんなところにいらない子が？」

「言われてみれば、そうだね」

「うん？」

女神の声が聞こえないルカが首をかしげる。

「ルカがどうして他国の結婚式に派遣されてきたんだろうって」

女神の『いらない子』発言を省いて私が通訳すると、ルカは肩をすくめた。

「実は、オーシャンティア王室情報部は、あんたたちの結婚式の裏で何かキナくさいことが起きてるって、勘づいてた」

「えー!?だったら、早く言ってよ!」

「まわりに吹聴して回れるほど、確証はなかったらしい。だから他国に警告を出せなかった。また、立会人の派遣をやめることもできなかった」

「派遣しないでおいて、何も事件が起きなかったら、今度はオーシャンティアの誠意が疑われちゃうもんね」

「そこで、国の要人を派遣したという体面を保ちつつ、いつでも切り捨て可能な駒として、第三王子の俺が派遣されたってわけ」

「……!」

「ケチオヤジは、捨て駒に身代金を払わない。俺の命はアクセルたちにそのことが伝わって、利用価値なしと判断されるまでだ」

そんなことない、とは言えなかった。

彼の言うことにスジが通ってたからだ。冷たいようだけど、彼の言う通りの判断をする王侯貴族は多いだろう。

「……同情した?」

ルカは妙に大人びた笑顔を作る。

「頼む、逃げるなら俺を連れてってくれよ。子どもひとりじゃ何もできない。あんたに頼る以外に、助かる道が思いつかねえんだ」

彼の目は必死だった。

ここでチャンスを逃したら、後がないことがわかってるのだろう。

その姿は、ウソ泣きをしていた時以上に痛々しい。

こんな子どもを放っておけるか。

私はルカの背中をバン、とわざとちょっと強めに叩いた。

「子どもが変な心配しないの！　この程度で見捨てるつもりなら、最初から声をかけてないよ」

「……ありがとう」

「ディーも、変な冗談言っちゃダメだからね？」

「私はいつも本気ですが」

慇懃《いんぎん》無礼従者、よけいタチ悪いな。

「おい……アンタ、コレットのための従者なんだろ？　そんな調子でいいのかよ」

ルカの疑問を、子ユキヒョウは鼻で笑う。

「創造主が算数もできない女神で、お仕えする相手が弱者を見捨てられないお人よしなんですよ？　ただ命令に従っていては、あっというまに全滅です」

「うっ」

「従者の私が最悪を想定し、ツッコミ……いえ諫言《かんげん》するくらいでちょうどいいのですよ」

ディーの言うことは正しいけど！

もうちょっと言い方ってものがあると思うの！

末の妹（ジルベール視点）

「兄上、いきなり呼び出しとは、何ごとでしょうか？」

俺は侍従《じじゅう》に引っ張られるようにして、兄の部屋を訪ねた。

家族の部屋といっても、ただの居室じゃない。この城で一番大きく立派な執務室、サウスティ国王が仕事をするための場所だ。

なぜなら、俺の五つ上の兄レイナルドは、サウスティの王だからだ。

俺の立場もサウスティ王国のプリンス、王弟殿下である。

部屋に入ると、デスクに座る兄を中心に、騎士団長や大臣など、王国の首脳陣がずらりと並んでいた。彼らは皆、いちように暗い顔で黙りこくっている。

なんだ。

何が起きた？

うちの家族は、つい先日、末っ子のコレットが隣国イースタンに嫁いだところだ。俺自身もイースタンの姫君を城に迎えいれていて、三日後の挙式で結婚する予定だ。

慶事が重なったサウスティは、国全体がお祝いムードだった。

ここに並ぶ大臣たちも、うれしそうな顔で挙式の段取りを話し合っていたのに。

「ジルベール、よく来た」

兄の声は低い。

これは、過去に一度だけ聞いたことがある。

兄が心底怒り狂っている時のものだ。

温厚な兄に、何が？

いや、国に何が起きた。

ややあって、兄は用件を切り出した。

「お前と、イーリスタンの姫君イーリスの婚礼は中止だ」

「なぜ？」

俺の疑問に答えず、兄は羊皮紙を一枚デスクの上に広げた。

見慣れない書式だ。

「イースタンからの、宣戦布告書だ」

「宣戦……っ！　彼らは、戦を起こす気なんですか」

「もう起きている」

すぐそばにひかえていた騎士団長が重々しく口を開いた。

「本日未明に、国境付近のザナ砦《とりで》が襲撃され、イースタン兵に占拠されました。彼らは国境線を変えようと、今も着々と兵を動かしているようです」

「な……」

一瞬、言葉が出なかった。

戦争を宣言したどころか、もうすでに襲ってきた後だとは。

「イースタン王は何を考えているんです。あちらには、コレットを嫁に出したところでしょう！　あの子は……」

「コレットは、人質になった」

兄は無表情のまま、ぐしゃりと羊皮紙を握りつぶした。

「妹の命が大切ならば、無条件でイースタンに降伏せよ、と」

「要求がむちゃくちゃです。そんなの応じられるわけがない」

家族は大切だが、それ以前に自分たちは王族だ。

妹かわいさに国を明け渡すなど、あってはならない。

「その通りだ。だが……妹を見殺しにするつもりもない。いったん交渉の場を設けて、時間をひきのばす。その間に工作員を何名か送り込み、救出を試みようと思う」

「……それがギリギリのラインでしょうね」

文官のひとりが、前に進み出る。

「すでに選定はすませております。サイラスとオズワルドがよろしいかと」

知らない名前だ。工作員として優秀なぶん、今まで表舞台に出てこなかったのだろう。

俺は軽く手をあげて、兄に進言する。

「彼らにオスカーを同行させてください」

「うちの息子を、ですか？」

兄より先に、騎士団長が反応した。彼はオスカーの父親だ、驚くのは当然だろう。兄も軽く眉を上げる。

「理由は？」

「コレットのためです」

「……ふむ」

妹のため、と聞いて兄は首をかしげる。

「孤立無援の敵国のまっただ中で、見知らぬ男たちに迎えに来られても、敵か味方か、判断がつかないでしょう」

コレットには王族としてのふるまいが教え込まれている。信用できない者におそれと従ったりはしないはずだ。

「その点、騎士団長殿の息子であるオスカーなら、幼いころから家族同然の交流がある。コレットにとって、確実に信用できる相手です」

「しかし……息子はまだ十代です。潜入のような難しい任務にあたるには、若すぎる」

「その十代の若さで、十人隊の隊長になった優秀な騎士でしょう。戦闘力に問題はありません」

それに、若さにも利点はある。

「騎士になったばかりの彼は、王城の重鎮《じゅうちん》とは違い、まだ他国に顔を知られてません。潜入先で警戒される可能性が非常に低い」

「しかし、未熟者を派遣したせいで、コレット様に何かあっては」

「……わかった。オスカーを救出隊にいれよう」

騎士団長の迷いを断ち切るように、王の決断がくだった。

執務室に沈黙が降りる。

「貴殿の息子には、危険な任務となるが」

「息子はすでに王国に剣を捧げた、一人前の騎士です。命を捧げる覚悟はできているでしょう。特に、コレット様に対しては」

騎士団長は重々しく息をつくと、身を翻《ひるがえ》した。

「急ぎ、準備させます」

「頼む」

俺たち兄弟は、騎士団長の後ろ姿を見送る。

「コレットのことは、いったん、救出隊にまかせよう」

「そうですね……無事でいてくれるといいですが」

俺は祈るような気持ちで、そうつぶやいた。

脱出劇

母国で兄たちが心配していたころ、当の私はというと。

「やばいやばいやばいやばいやばい、死ぬ死ぬ死ぬ死ぬ……」

今にも死にそうな目にあっていた。

「下を見てはいけません。とにかくまっすぐ進んでください」

「無茶言わないで……！」

私は思わず悲鳴混じりの声をあげてしまう。

だって、今私がいる場所は、お城の『壁』なんだから。

部屋の鍵を開けた私たちが次に直面した問題は、監禁棟の見張りだった。

交渉の重要なカードである私たちを逃がさないために、アクセルは屈強《くっきょう》な衛兵を建物の前に配置していた。唯一の出入口である扉の前に立ち、出ることも入ることも許さない。

そこで、ディーが提案した脱出ルートが、『壁』だった。

監禁部屋の窓に頑丈な鉄格子が取り付けられている一方で、看守が行き来する廊下側の窓には格子がない。そこから外に出て、外壁に取り付けられた飾りを足場に、隣の建物に移るのだ。

看守もまさか深窓《しんそう》の姫君が壁から壁に移動して脱出するとは、思っていないだろう。まさに、思考の裏をかいた斬新な作戦……いやいやいや怖い怖い怖い。

「なあ、どうしてもここを通らないとダメか？」

後ろからついてきているルカも及び腰だ。

そうだよね、怖いよね！

「これが一番、力の消費が少ないルートなんですよ」

「理屈はわかるけどさ……」

「これで一歩足を踏み外したら、救助とか手当てとかで、よけいな力を使うことになるんじゃないの!?」

「もちろん、本当に危険な時には手助けいたします」

ノー命綱ロッククライミングより危険な状況って何。

「ディー、あんた女神の奇跡が使えるんだろ。その力で、看守そのものをどうにかできないのかよ」

「生きている人間は、それだけで運命係数が高いんです。ちょっと気を逸《そ》らす程度ならともかく、気絶させたり動きを封じたりするのは、まだ無理です」

鍵とかの無機質を動かすより、人間をどうこうする方が難しい、と。

ひとつ勉強になったね！

「あれ？　でも、『まだ』ってどういうこと？」

「……コレット様は、すでに監禁部屋から脱出し、逃亡を始めていますからね。邪神の思惑から外れたぶん、多少力は増えています」

なるほど、この行動にも意味はあったのか。

「しかし、あなたはまだ殺される要素が多すぎます。ある程度大きな奇跡……少なくとも、何かあった時に蘇生できる程度になるまでは、力の温存を推奨《すいしょう》します」

「コンティニュー機能が解放されるまでは我慢しろってことね。……わかった、がんばる」

蘇生の力を手に入れるために、命の危険を冒すって、なんか矛盾してる気がするけど。

「隣の建物に移ったら楽になりますから！　もうちょっとだけ頑張りましょう、コレットさん！」

女神が拳《こぶし》を握って応援してくれる。

……が、重力を無視してぷかぷか浮いてる女神様に励まされても。

本人これで一生懸命なんだからタチが悪い。

「奇跡を頼れないなら、自分の手足で頑張るしかないかあ」

どうにかこうにか、壁の飾りに手を伸ばす。

強い雨風がないのが幸いだった。

「よっ……と」

あと少しで、隣の建物のベランダに手が届く。

手すりに手をかけて、安心した瞬間、足元からふっと手ごたえが消えた。

「あっ」

浮遊感は一瞬だった。

まずい、落ちる。

「ひっ……」

最初に考えたのは、落ちたら絶対怪我《けが》をする、だった。

腕でも足でも、大きな怪我をしたら脱出どころじゃなくなる。

それに、こんなところで騒いだら衛兵にすぐ見つかって……！

最悪の事態を予感し、身をすくませた私の腕を、何かが力強く引っ張った。

「ぐっ……！」

手すりに乗ったディーが私の服の袖を咥《くわ》えていたのだ。

「よいっ……せっ！」

驚いている間に、ディーは体に似合わぬ怪力で私を引き上げ、ベランダに引っ張り込む。

「はあっ……」

「コレット、大丈夫か⁉」

後ろからついてきていたルカも、ベランダまでやってきた。

私はどうにかこうにか頭をあげる。

「な……なんとか……。助けてくれてありがとう、ディー」

「本当に危険な時には手助けする、と言ったでしょう。救助の手段も考えずに、あなたを誘導したりはしませんよ」

有言実行の従者、優秀すぎる。

「でもディー、助けてもらっておいてなんだけど、こんなことして大丈夫だった？ その小さな体で私をひっぱりあげるなんて、奇跡の力を使わないと無理でしょ」

まだ赤ちゃんサイズのユキヒョウの体重は、どう見積もっても五キロに満たない。物理的につじつまの合わない現象だ。

つじつまの合わない現象を起こす力のことを奇跡と呼ぶ。

「その点はお気になさらず。この体に限って言えば、もともと女神の力で作られているぶん、重量やパワーを操作しやすいんです。力はさほど消費してませんよ」

「逆に、その体でフォローしやすいと思ったから、壁移動ルートを提案してたのね」

優秀な従者は、どこまでも優秀だ。

「ここからはどうするんだ？」

ルカがベランダを見回した。

壁移動が終わってほっとしてたけど、私たちはただ隣の建物に移っただけだった。母国までの道のりはまだまだ長い。

「これ以上外壁を移動するのは無理でしょう。ベランダのドアから中に入ります」

「鍵開けはディーの専売特許だもんね」

物理的な装置の操作は、女神の力と相性がいい。

「入ったあとはどっちに向かう？」

「そうだね……」

ルカの問いかけに、私は首をかしげた。

ゲームの記憶が確かなら、ここから城門まではかなり距離があったはずだ。衛兵も、相当な人数が配備されているはず。

そして、外に出たあとにも課題がある。

私たちの目的地は隣国サウスティだ。国境まで、何日もかけて移動しなければならない。

「旅をするなら、マントとかナイフとか、私たちが使える装備がいるわね……」

「いや装備より何よりもまず、金だろ」

「……確かに。道具に足りないものがあっても、最悪お金さえあれば、なんとかなるもんね」

逆にお金がなくて困る状況はいくらでもある。

私は子ユキヒョウを振り返った。

「ディー、お金は出せないんだっけ？」

「無から有を生み出すのは、かなり高度な奇跡になります」

ですよねー。

困り顔になる私たちを見て、ふふんとディーは長いヒゲをそよがせた。

「ですが、すでにあるものを入手するのは、そう難しくありません。倉庫に寄って、いくらか拝借していきましょう」

それ、泥棒って言わない？

奪還劇

「勝手に物を持ち出すとか、やっていいのかなあ……」

ベランダから建物の中に入り、人の目を避けながら、私たちは移動していた。目的地は、装備や食料が収められている倉庫だ。

私の隣で、ルカが呆れのため息をつく。

「そもそも、あいつらが先に俺たちから持ち物を奪って、閉じ込めたんだろ。ちょっとくらい取り返したって、問題ねえよ」

「理屈ではわかってるんだけどね」

そもそも、この孤立無援の状況では、盗みでもしなければ物資が手に入らない。現実的な提案なのは、理解している。ちょっと悪い気がしているだけだ。

「この城の物資に手をつけることに罪悪感があるのなら、コレット様ご自身の財を取り返してはいかがでしょうか？」

「私自身の、財？」

そんなものあったっけ？

「コレット様は、サウスティの王女にございます。輿入れにあたり、その身分にふさわしい持参金と花嫁道具を、レイナルド国王が用意したはずです」

そういえば、私とアクセルの結婚は、姫君と王子の政略結婚だ。

嫁ぎ先で私が困らないよう、レイナルドお兄様が私自身の財産を持たせてくれたのだった。

私はコレット自身の記憶を思い返す。

……そうだ。

大事な末娘の輿入れだからと、馬車二台分にもなる持参品が用意されていた。その中には、金銭だけでなく、お気に入りの衣装や宝飾品も含まれていた。

人質になったあの日に、全部取り上げられたけど。

「私のものを取り返すのなら、問題ないわね。ディー、どこに保管されているか、わかる？」

「こちらです」

子ユキヒョウは、太いしっぽをゆらめかせながら、進行方向を変えた。

私たちはそのあとにおとなしくついていく。

「この先の建物です。今は見張りがいるので、周囲をうかがって侵入ルートを検討しましょう」

「お願い、ディー」

人目につかないよう、私たちは植え込みの中に身を隠す。

こういうとき、女子ども、赤ちゃんユキヒョウの小柄な体は便利だ。

「……裏の窓から入れなくもありませんが、見張りの行動パターンを少し観察してからのほうがよさそうですね」

「わかった。侵入ルートの選択はディーにまかせる」

「できるだけ、危険のないやつな！」

「かしこまりました」

分析のためだろう、ディーは倉庫の周囲を食い入るように見つめる。それを見ながら、ルカは膝を抱えた。

「女神の力を借りて脱出、っていっても簡単にはいかねえのな」

「神様にもいろいろ事情があるみたいだから」

正直なところ、私も自分の行動と奇跡の力の関係はよくわかってない。

ルカは大仰《おおぎょう》に肩をすくめる。

「どうせ力を貸すなら、結婚式の前にしてくれっての」

「どういう意味？」

「だって、俺やコレットが国を出る前に女神があらわれてれば、こんな脱出劇は必要なかっただろ。戦争のことだって、そもそもあんたが嫁入りしてなかったら、人質を使った強硬策は取れてなかったわけだし」

「それはそれで何か理由が……」

説明しようと口を開いた私は、女神の姿を見て言葉を切った。

彼女は『愕然』を絵に描いたような表情をしている。

「どうしたんだよ」

「……女神が、その発想はなかった、って顔で固まってる」

「考えてなかったのかよ！」

ルカがつっこみたくなる気持ちはわかる。

この女神、悪い神様じゃないのだろうけど、配慮がことごとく一歩足りてないんだよね。

最初に自己紹介された時に、『世界をうまく運ぶ才能がなく、何をどうやっても世界が滅ぶ』と言っていたのは、謙遜《けんそん》でも何でもなく事実なのだろう。残念なことに。

悪意がないぶん、下手な邪神よりタチが悪い。

「ええええと、申し訳ありません。この世界はすでに紫苑さんという因子を取り込んでしまったので、女神の私の力を持ってしても、時間遡行《そこう》の奇跡まではちょっと……」

「……そーですか」

彼女ができないっていうなら、本当にできないんだろうなあ。

結局、この状況からどうにか事態を打開しなくちゃいけないわけだ。

「コレットさんに負担をかけてしまう分、めいっぱい祝福を与えますから……！」

「だからって、自己判断で勝手に奇跡を起こさないでくださいよ」

倉庫のほうをうかがっているとばかり思っていたディーが口をはさんだ。

「味方の軽挙妄動《けいきょもうどう》ほど迷惑なものはありません。事前にきっちり吟味《ぎんみ》させていただきますからね」

「ううう……誰も味方してくれない……女神なのに……」

そういうことは、まともな奇跡を起こしてから言ってほしい。

ディーを派遣してくれたのはうれしいけど、そもそも、ディーを顕現する力も足りてなくてユキヒョウになっちゃったからなあ。

「コレット様、誰か来ます」

そのディーがぴんと耳をたてた。

彼の視線を追うと、倉庫の反対側、城の母屋《おもや》のほうから女性が数名歩いてくるのが見えた。

シンプルだけど仕立てのいい服を着た彼女たちは、城の侍女のようだった。彼女たちは倉庫の前までくると、姿勢よく並ぶ。

二言三言話すと、門番はすっと彼女たちに道をあけた。

ルカがこてんと首をかしげる。

「何か取りにきたみてえだな」

「彼女たちが出ていくまで、待ちましょう」

「……？」

「コレット様？」

私はディーに返事ができなかった。

だって、それはあり得ない光景だったから。

「どうして私の侍女があそこにいるの？」

倉庫に入った女性のひとりは、私が母国から連れてきた侍女だった。

「コレットの侍女？ってことは、国からつれてきた側近か」

「ええ。彼女たちのひとり、亜麻色《あまいろ》の髪をした侍女……テレサは私の筆頭侍女よ」

私はサウスティ王国のお姫様だ。

友好国とはいえ他国に、ひとりで輿入れしてくるわけがない。私は護衛騎士と侍女を何人も引き連れて、イースタン国に入った。

彼らのほとんどは結婚式終了と同時に帰国する。

しかし、テレサだけはそのままイースタンに残る予定だった。

「彼女は私が異国に嫁いだあとも、仕え続けてくれるはずだったの」

「一生モノの側近、というわけですね」

「でも、それにしちゃあ行動がおかしくねえか？　なんでイースタンの侍女たちと一緒に、こんなところで働いてるんだ」

「そこがわからないのよね……」

コレットにとって、テレサは年の離れた姉のような存在だ。テレサもまた私に一生を捧げると誓約していた。

私が何もかも奪われて監禁された、となったらどんな手を使ってでも助けに来そうなものなのに。

「そーゆー忠誠心の高い部下は邪魔にしかなんねえから、主人を捕まえると同時に殺すよな、普通。それか、早々に城から追い出すか」

ルカの冷静な分析がつらい。

間違ってない分だけ、よけいに。

「俺の側仕えは、身代金要求の手紙を持たされて、母国に帰されたって聞いたから……コレットの側近も同じなのかと思ってたんだけど」

「テレサは事情が違うようね。どうなってるのかしら」

二人と一匹と一柱で首をかしげていると、また倉庫の扉が開いた。

侍女たちはそれぞれに、箱を手に持って出てくる。そのデザインには見覚えがあった。

「なんだあれ？」

「アクセサリーケースね。全部、私がサウスティから持ってきたものだわ」

優美な装飾が施された箱の中には、それ以上に優美なネックレスや腕輪などが入っているはずだ。どうして、そんなものを持ち出すのだろうか。

驚いている間に、侍女たちはしずしずと母屋に戻っていく。

「ディー」

私は従者の名前を呼ぶ。

「彼女を追うのですね、わかりました」

子ユキヒョウは身を翻す。

「先導します、ついてきてください」

私たちは慎重に侍女たちの後を追った。

横取り

「こっちです」

侍女たちが部屋に入る直前、ディーが中庭に進路変更した。不思議に思いつつも、私たちはその案内に従う。女神本人はともかく、眷属《けんぞく》のディーが理由のない行動はしないと、私たちもわかってきたからだ。

「彼女たちの目的地は、おそらくあの部屋です。中庭側の窓から、中の様子をうかがいましょう」

案の定説明が付け加えられる。

私たちはディーに促されるまま、窓からこっそり部屋の中を覗き込んだ。

「ご苦労様」

侍女たちを迎えたのは、一人の少女だった。

きめの細かい象牙の肌に、光を吸い取ったような漆黒の髪と瞳。私たち西側の人間とは、まったくルーツの違う顔立ち。

東のアギト国の王女、エメルだ。

「見せてちょうだい」

彼女が命じると、侍女たちは自分たちの持っていた宝飾品の箱を開けた。よく見えるよう、彼女の前のテーブルに並べていく。

エメルはそのうち、大粒のルビーをあしらったネックレスを手にとった。

「むかつく……石の大きさも、透明度も、アギトで手に入るものとは違うわ。そもそも鉱脈の質が違うのね」

文句を言いながらも、エメルはうっとりとルビーを見つめる。

「でもいいわ。コレットを監禁した今、このアクセサリーはすべて私のものなんだから」

あなたにあげた覚えはありませんけどね？

婚約者を取っただけじゃ飽き足らず、私のお気に入りアクセサリーシリーズも全部取る気なのか、この女は！

張り倒したい、その横顔。

やらないけど。

私の怒りなんかまったく気づかず、エメルはネックレスを自分の胸にあてる。

「あんなぽわっとしたヒヨコ頭より、黒髪のほうがルビーの赤が映えると思わない？」

ひよこ頭て。

それはもしかして、私のことでしょうか。

確かに色は薄いけど、これはこれで豪華なストロベリーブロンド、っていうんですー！

「ソウ、思イマス、えめるサマ」

つっこみ不在の室内では、テレサがぎこちなくうなずいていた。

あなたがそこでエメルに同意するの……？

本当にどうしちゃったんだろう。

「アクセサリーはここに置いておいて、さがっていいわ」

「カシコマリマシタ」

エメルが命じると、侍女たちは一礼して、またしずしずと部屋から出ていった。

私は仲間を振り返る。

「あのね……」

「コレット様、あのネックレスにふさわしいのはあなたです」

「金の髪と緑の瞳に、ルビーはよく合うと思うぜ？」

とっさに褒めてくれるボーイズ、ふたりともめっちゃいい子。

ではなくて！

「ディー、テレサをもう一度追ってくれない？　彼女と話したいの」

「テレサと、ですか？」

「無駄なことはやめなよ。あいつ、アギトのスパイだったんだろ？」

「普通に考えたらそうなんだけどね……」

でも、私《コレット》にはテレサの裏切りが信じられなかった。

コレットの知る過去の姿と、今の姿がどうにもつながらないのだ。

私が気づかなかっただけなのかもしれない。しかしそれでも納得いかない。

胸がざわざわする。

この違和感は何なのだろう。

「危ないと思ったら、すぐに逃げるから」

「……」

「お願い、ディー！」

子ユキヒョウは、妙に人間くさいため息をつく。

「あなたに危害が及ぶと判断したら、強制的に引き離しますからね」

「ありがとう！」

また身を翻したユキヒョウのあとを追って、私は歩きだした。

異常事態

テレサの姿は、すぐ見つかった。

ちょうど別の仕事に向かうところだったのだろう、他の侍女と離れてひとりで歩いている。いいタイミングだ。

私はディーに視線を送り、彼がうなずいたのを確認してから、物陰から出る。

「テレサ？」

声をかけると、侍女はゆるゆるとこちらを振り向いた。

コレットの知るテレサは、キャリア十年を数える有能侍女だ。

私の輿入れ先が決まると同時に、結婚後も侍女として仕えると宣言した。

まだ国交が発達していないこの世界では、一度他国に出ればそうそう戻ることはできない。

イースタンでは私もテレサも異分子だ。

王子と結婚する私はともかく、侍女のテレサはイースタンに根付こうとしてもパートナーは簡単に見つけられない。

彼女は私についてきた時点でほぼ一生独身が確定する。

そんなリスクを負ってまでついてきてくれた、忠臣の中の忠臣なのである。

だから、よりいっそう彼女の行動が信じられない。

「……これっと、サマ？」

私の姿を認めて、テレサはかくっ、と首をかしげた。

その瞳は焦点があっているようで、あってない。

なんだろう、これは。

見知ったはずの顔なのに、知らない人間に見える。

「テレサ、あなたどうしたの？」

「ドウ、シタノ？」

何かがおかしい。

ざわざわとした違和感が背筋をはい登ってくる。

思わず身を引こうとした瞬間、テレサは私の腕を掴んできた。

「きゃーあああァア！　これっとサマがあああ！」

ぐいぐいと腕を引っ張りながら、腹の底から叫び声をあげ始める。

その姿は、とても正気には見えなかった。

「テレサ！　テレサ、落ち着いて！」

「ほら言わんこっちゃない！」

ルカとディーが飛び出してきて、私をテレサから引きはがそうとしてくれる。しかし、渾身《こんしん》の力で私の腕を掴むテレサの手は固い。簡単に外れそうになかった。

そうこうしているうちに、あちこちから足音が聞こえ始めた。

やばい、見つかる。

「テレサ、離して！」

「きゃあアアあぁ！」

「メイ！」

ディーが鋭く叫ぶ。

その声に反応して、女神が横から飛び出してきた。

「コレットさんを離しなさいっ！」

すぱーん！　とテレサの頭をハリセンで一撃する。

なんでそこでハリセンツッコミ。

いや、そんなことはともかく。

私とディーにしか認知できない女神の一撃ってきくの？

「……アッ……あ……」

ぐるん、とテレサの黒目が回転し、全身から力が抜けた。

地面に膝から崩れ落ちる。

「テレサ？　大丈夫？　しっかりして！」

「コレット、様？」

返事をしたテレサの顔は、私がよく知る侍女のものだった。

「私がわかる？　一緒に逃げましょう」

「ダメです」

侍女は私の手を振り払った。

「頭が重くて……うまく、言葉が……浮カびません。今にも……意識が……飛び……ソウ……デ……」

話している間にも、テレサの顔からはどんどん表情が抜け落ちていく。

あまりにも異様な光景だった。

「私、ハ……足でまといに、なります。……これっと、サマ、だけでも……逃ゲ……」

「そんなこと……」

「言ってる場合かよ！」

ぐい、と腕が引っ張られた。

振り向くと、私の手を引くルカと、必死にスカートの裾を咥えているディーの姿が目に入る。

「……絶対、助けに戻るから！」

私は身を翻して、走り出した。

「だから言ったろ！」

「あんなになってるなんて、思わないじゃない！」

テレサの姿は異様だった。

絶対によくない何かが起きている。

あれはきっと、私が知っておくべきことだ。

「ディー、次はどこに逃げればいい？」

「待ってください……」

子ユキヒョウが逡巡《しゅんじゅん》する。

この世界の情報を持っている彼でも、追手の数が多すぎて対処しきれないのだろう。

でも、このまま捕まるわけにはいかない。

逃げ場を求めて、私もあたりを見回した時だった。部屋の窓がひとつ、すっと開かれた。

そこからひょこっと栗色の髪の少女が顔を出す。

「来てください、かくまってさしあげます」

少女の声に誘われるようにして、私たちはその窓に飛び込んだ。

もうひとりの姫君

「……という経緯で、捕虜《ほりょ》が脱走したようです」

「まあ怖い」

「姫様も、お気を付けください」

「わかったわ、ご苦労様」

「では、自分はこれで」

少女のねぎらいに、兵士らしい男が答える。

ばたんと扉の閉まる音が響き、壁ごしに足音が遠ざかってくる。

さらにもう一呼吸おいて、少女の声がこちらに向けられた。

「もう出てきていいですよ」

「はい……」

私とルカ、そしてディーはもそもそとベッドの下から体を引っ張り出す。その後ろから、運命の女神も顔を出した。私とディー以外に見えないのだから、彼女まで隠れる必要はなかったんじゃないだろうか。

「助けてくださって、ありがとうございます。イーリス姫」

私たちを助けてくれた少女は、たっぷりとした栗色の髪と、濃い藍色の瞳をしていた。今まで直接会ったことはなかったけど、姿だけはよく知っている。私の二番目の兄、ジルベールと結婚する予定だった、イーリス姫だ。

兄のところに届けられた肖像画を、私も横から見ていたんだよね。

イーリス姫は、私と目が合うと同時にへにょっ、と眉をさげた。

「お礼なんて必要ありません！　元はうちの兄のせいなんですから」

「え」

「コレット姫も、ルカ王子も、ご迷惑をかけてしまって……本当に申し訳ありません！」

「ま、待って、顔をあげてください！」

そのまま土下座しそうな勢いのイーリスを、私はあわてて止める。

確かにアクセルには腹が立っているけど、妹のイーリスに頭を下げてほしいとは思ってない。

「あんた、コレットと入れ替わりで、サウスティに嫁入りしたはずだろ。なんでこんなとこにいんの？」

ルカがもっともな質問を投げかける。

そうなのだ。

彼女は、私の兄ジルベールの花嫁になるはずだった。

今頃あちらで大変な目にあってるんじゃないか、って心配していたのに。

「私も詳しいことはわかりません。サウスティに出発する直前、いきなり部屋に閉じ込められて、それっきり……ここで軟禁生活をさせられているんです」

「じゃあ、サウスティに向かった花嫁って誰なんですか」

同時期の嫁入り、ということで私はイースタンに向かう途中でイーリスの花嫁行列とすれ違っている。体調不良で馬車から降りられない、ということでイーリスと直接顔を合わせることはなかったけど、あれは間違いなくイースタンの馬車だった。

じゃあ、あれは何だったんだ。

「おそらく、私に似せた影武者でしょう」

「偽の花嫁を送ったんですか？　国同士の婚姻《こんいん》で？」

『妹は、問題ない』と嫌な笑いを浮かべたアクセルの姿が脳裏に蘇る。

問題ないってつまり、本物は手元にいるから問題ないってこと？

不誠実にもほどがない!?

「え……待って待って、もうすでにアクセルはサウスティに宣戦布告してるんですよね？　だとしたら、今頃影武者の子は……」

「……」

イーリスは青い顔でうつむく。

私も同じ顔でうつむくしかなかった。

長男のレイナルド兄様も、次男のジルベール兄様も、ふだんは温厚で優しい人だ。しかし、立場は王族。送られた姫君が偽物だったとわかって、そのままにしておくとは思えなかった。

「アクセル王子、だいぶヤバくね？」

ルカも顔をゆがませる。

妹のイーリスは、苦しそうにぎゅっと手を握った。

「昔は、イースタンの立場に不満はあれど、あそこまでひどくはなかったんです……それが、最近になって、急に」

「彼は、私の前で大陸の覇者になる、と言ってましたよ」

「そんなもの、絵空事でしょう」

イーリスは首を振った。

「そもそも、イースタンの興《おこ》りは、東方の戦いを買って出た騎士団です。彼らは、山脈を越えて侵入してくる異民族から西側諸国を守ると誓い、周辺国からの支援を受けて国を作ったのです。それをいまさら……生贄国家などと」

「先祖が自分で向かってった戦いだってのに、いまさら、『俺たちは戦わされたんだ』って言われてもなあ」

国同士のかかわりや、歴史はその時々の立場で内容が変わる。だから、イーリスの認識も、アクセルの言い分も、そしてルカの言い分も一理ある。

イースタンがアギト国との間で血を流したのは事実だけど、その裏で、サウスティやオーシャンティアが莫大な支援をしていたのも、また事実だ。

「イースタンは、サウスティ、オーシャンティア、ノーザンランドの三国と国境を接しています。アギトが敵でなくなったからといって、一度に戦えるほどの力はありません。覇者どころか、滅亡の未来しか見えないのに、どうしてお兄様は……」

「何かウラがあるのかもしれねえな」

ルカが少しうつむいて、考えを巡らせる。

「まず一番の問題は、食糧だよな。荒地の多いイースタンは自前の畑だけじゃ、国民全員を食わせてやれねえ」

「だからこそ、イースタン王は婚姻で南部穀倉地帯のサウスティと結びつきを強めようとしてたんだものね」

私の嫁入りは、食糧問題に直結している。

「それも、アギト国が関係しているかもしれません」

イーリスが首をかしげた。

「最近、中流層以下を中心に、アギト国産のコメと……ダイズ、だったかしら。そんな名前の食べ物が出回ってるようなのです。王宮でも、使用人向けの食事に使われていると聞きました」

「コメ……ダイズ……？　聞いたことのねえ食べ物だな」

ルカが不思議そうな顔になる。

コメとダイズって、米と大豆？

日本人のソウルフードのひとつだけど、異世界に同じものがあるのだろうか。

ディーに目を向けると、子ユキヒョウはその丸い頭をこくこくと上下させた。同じものっぽい。

私は前世の社会科で習った知識を思い返す。

「ええと、米は穀物の一種で、大豆は豆の一種よ。どっちも栄養価が高くて、メニューアレンジがしやすいの。特に、米は面積あたりの生産力が高い上に、連作障害がおきにくかったはず」

「連作障害が……って、毎年同じ畑に植えても、平気なのか？」

「それなりに栄養を与えてあげる必要はあるけど、麦みたいに何年も土地を休める必要はないわ。むしろ、土地を湿地帯に改造する必要があるから、毎年同じ場所に植えたほうがいいんじゃなかったかな……」

「さすが、豊穣《ほうじょう》の国サウスティの姫君ですわね。博識でいらっしゃる」

知識の元ネタは、前世の現代日本なのだけどね。

「私は少し口にあわなくて、あまり食べていないのですが、使用人たちの口ぶりでは、悪くない味だとか」

「異民族のメシなのに？」

ルカが目を丸くする。聞いたこともない食べ物を、イースタンの民が受け入れているのが信じられなかったらしい。

「イースタンは敵対国とはいえ、アギトとかかわりが深いですからね。戦利品として相手の食糧を持ち帰る騎士たちや商人の間では、よく知った食材だったようです」

「そこそこおいしい食料が、アギト国から運び込まれているのなら、当面の食糧問題は解決しますね」

「他国に討って出る体力はある……っていってもやっぱおかしいだろ。メシが食えてても、戦力が足りねえ」

「イースタンが敵に回したのは、一国じゃないもんねえ」

「どの国も精強な騎士団を有しています。一国相手でも、戦いになるかどうか」

サウスティには豊かな穀倉《こくそう》地帯が、オーシャンティアは海の恵みが、ノーザンランドには深い森と鉱山資源がある。

よい土地は、ほしい土地。

どの国も建国以来、その利権を狙って幾度となく争いあってきている。

国を維持するために武力を備えるのは、当然の話だ。

「この状況で、反対派がいないのも妙です」

イーリスは唇を噛む。

「小娘の私でもわかる、負け戦です。大臣も、騎士団長も、何よりお父様が、なぜお兄様をお止めにならないのか。それが一番不可解ですわ……」

そういえば、そうだった。

アクセルはこの国の王子だが、まだ『王の子』の立場だ。

その権力は国王に劣る。

こんな好き勝手していたら、当然父親に咎《とが》められるはずだ。

まわりの年かさの家臣だって止めるはず。

「……」

考え込んでいたら、ディーがたしっと前脚を私の膝の上に載せてきた。

なぜここでじゃれつきポーズ、なでられたいのか。

……ではなくて、何か伝えたいんだろうか。

「さっきの、侍女さんのことを思い出してほしいそうですよ」

運命の女神が、私にだけ聞こえる声でささやく。

さっきの侍女というと、テレサのことだろうか。

そういえば、彼女の様子は尋常《じんじょう》ではなかった。

「もしかしたら……関係者は全員洗脳されてるのかも」

「洗脳ですか？」

イーリスがぱっと顔をあげる。

「ここにくる前に、サウスティから連れてきた侍女に会ったんです。十年以上仕えてくれてたベテランなのに、なぜかアギト国の姫エメルに従っていました。話しかけたら、尋常じゃない様子で叫ばれてしまって」

「それで、衛兵が騒いでいたんですね」

「あれは普通じゃありませんでした。何か悪い魔法をかけられて、操られているとしか思えない」

「だとしたら……きっとその魔法の主は、エメルですわ」

イーリスは暗い顔でため息をついた。

「イーリス姫は、エメルと親しいんですか？」

「いいえ、まったく」

イーリスはきっぱりと言い切った。

「ある日突然、お兄様の取り巻きに加わっていたんです。明らかにアギトの民なのに、誰も彼もあの方を当たり前の側近として扱っていて……思えば、王宮の様子が変わりだしたのも、彼女を見かけてからでしたわ」

「誰もおかしいと思ってないって……だいぶヤバいな。でも、そんな強烈な洗脳、簡単にできるものか？」

「アギト国の王族に限って言えば、可能かも」

なにしろ、運命の女神に仇《あだ》なす邪神の国だ。

今私が運命の女神から授かっているのと同等の、奇跡の力を持っていてもおかしくない。

「兄は暴走、部下たちは洗脳されていて、お父様はあてにならない……事態は思ったより深刻ですわね」

この国に残された、数少ない正気の王女は、深いため息をついたあと、すっと立ち上がった。

「イーリス姫？」

「まずは、あなた方を一刻も早く、この城から脱出させてあげなくては。こちらに来てください」

そう言いながら、イーリスは部屋の奥へと歩いていく。後を追っていくと、彼女は大きな扉の前で立ち止まった。

「第一に必要なのは、お金ですよね」

そこはいわゆるウォークインクローゼットというものだったらしい。扉を開けた先には、ずらりとドレスが並んでいる。彼女はクローゼットの奥から、古いチェストを引っ張り出してきた。

一抱えもある大きなチェストの蓋をあけると、中にはアクセサリー用の小箱など、一目で貴重品とわかるケースがいくつも仕舞われていた。

イーリスはそこから、重そうな革袋を取り出して、私の手に渡す。

ずっしりとしたこの重量感、きっと中身は金貨だ。

「こちらをお持ちください」

「えっ……いいんですか？　これって、イーリス姫のものでしょう」

「軟禁されている身では、どうせ使い道がありませんもの」

「でも……」

ためらっていたら、後ろからルカに背中を叩かれた。

「もらっとけよ。俺たちの脱走がバレた今、もう倉庫には戻れねえんだし」

それはそう。

いいとか悪いとか、それ以前に他に選択肢がない。

「ありがたく、使わせてもらいます」

私が革袋をぎゅっと握りしめると、イーリスはふんわり笑った。

「旅をするなら衣類も必要ですわね。私の持ち物でよければ、なんでも使ってください。ええと……カバンはどこにやったかしら」

イーリスはさらに、必要な小道具も見繕ってくれる。

姫君の親切、ありがたすぎる。

任せっぱなしも居心地が悪いので、私も荷造りに参加することにした。下着とか、自分じゃないとわからないものもあるし。

「ルカ王子の着替えはどうしましょう。私の子どものころの服ならサイズが合うと思いますが、全部女ものなんですよね……」

「着れればいーよ、なんでも」

ルカは興味なさげに、手をひらひらと振る。

その反応に、私は思わずぎょっとしてしまった。

「えっ……いいの？　女の子の服だよ？　スカートだよ？」

「むしろ、いい目くらましになるんじゃね？」

「この歳の男の子って……女装とかそういうの、めちゃくちゃ嫌がるんじゃないの？」

「生きるか死ぬかってときに、変な贅沢《ぜいたく》言わねえよ。つうか、誰の話してんだよ」

「ちょっと……知り合いの子がね……」

そうか。

女装全力拒否は男の子の一般論ではなく、個性だったのか。

認識を改めておこう。……いまさらだけど。

考え込んでいたら、またディーがたしっと私の足を前脚で叩いた。しゃがんで目線をあわせると、彼はどこから持ってきたのか、小箱をひとつ口にくわえている。

「ディー？」

君は君で、何がしたいのかな？

「猫ちゃん、どうしたんですか？」

興味をひかれたイーリスも、ディーの前に来てしゃがみこむ。

一緒に旅をするルカはともかく、すぐに別れる予定のイーリスには、ただの猫のふりを貫くつもりらしい。ディーは猫っぽいしぐさで彼女の前に箱を落とした。

拾い上げて開けてみると、そこにはペンダントがひとつおさめられている。

ペンダントトップには、複雑な虹色の光を持つ大粒の宝石があしらわれていた。

「これ……」

「以前お父様にいただいたアクセサリーですわ。イリスアゲート、といってとても珍しい瑪瑙《めのう》なのだそうです。猫ちゃんは、これがほしいんですか？」

ディーはペンダントをくわえると、今度は私の膝の上にぽとんと落とした。

「……自分がほしいのではなく、コレット姫にさしあげてほしいの？」

イーリスの問いに、ディーは丸い頭をこくりと下げる。

どうやら本気でこのペンダントが必要だと思ってるみたいだ。

理由を求めて、私は運命の女神を見た。ディーがしゃべれない以上、彼女の答えを聞くしかない。

「監禁部屋を出るときに、どれくらい奇跡の力が使えるか、直感的にわかるアイテムがほしいって言ってたでしょう？ 何もないところから物質を作るのは難しいけど、すでにある物に機能を付与するのはコストがずっと低いんです。その虹色の瑪瑙は強い力を持っているから、素材にぴったりなんですよ」

なるほど、新規アイテム追加のためか。

まだまだ奇跡の力は温存しておきたいものね。

私と女神のやりとりなど気づかず、イーリスはおっとりとほほ笑む。

「じゃあ、これはコレット姫にさしあげます」

どころか、彼女はペンダントを私の首にかけてくれた。

「いいんですか？ とても珍しい石なんでしょう」

「でも猫ちゃんがそうしたいのなら、きっと理由があるんでしょう。あなたのために役立ててください」

「……ありがとう」

私は胸元で光る宝石を握りしめる。

「お礼は必要ありませんよ。そもそも、今の状況は私の兄の愚行がもとなんですから。妹として罪滅ぼしをさせてください」

言っていることはわかるけど、それはそれで、心苦しい。

アクセルの親族であっても、彼女自身は軟禁《なんきん》されただけ。

自分では何もしていないんだから。

「無事サウスティに戻られましたら、ジルベール様にも、せっかくのご縁が結べなくなってしまって申し訳ありません、とお伝えください」

「イーリス姫は、ジル兄様との結婚を受け入れていたんですね」

「もちろん、こんな良縁他にありませんから」

イーリスは、壁の肖像画のひとつに目を向けた。そこには、金髪碧眼の優しげな青年の姿が描かれている。私の二番目の兄、ジルベールだ。

「王家に産まれた者にとって、結婚は責務です。必要とあれば、どんなにお年を召した方とも、またどんな幼子とも結婚しなければなりません。たった五歳差の、見目麗しい殿方と結ばれるなんて、幸運以外の何物でもありませんわ。ジルベール様からいただいたお手紙も、知的で落ち着いていて……こんな方と添い遂げられたら、どんなに幸せだろうか、とずっと楽しみにしておりました」

イーリスの目に涙が浮かぶ。

「こと、ここに至っては、もはやジルベール様とつながる縁はないでしょう」

彼女の認識は正しい。

本人の気持ちはどうあれ、イースタンは偽の花嫁を送りつけ、妹姫を人質にした。

裏切られたサウスティはイースタンを許さない。

戦争の問題が解決したとしても、イーリスを王子の花嫁と迎えることは、絶対にない。

ふたりの縁は、切れたのだ。

「お幸せに、と……お伝え……」

「イーリスも一緒に来る？」

泣くのをこらえているのが見ていられず、私は思わずそう言っていた。

だってかわいそうすぎるじゃない。

兄のせいで、望んでいた結婚が破談になって、その上、国はアギト国に洗脳されて孤立無援って。

彼女が今いる場所は、私以上の崖っぷちだ。

しかし、イーリスは首を振った。

「お気持ちはうれしいのですが」

「でも」

「私はこの国の王族ですから、国と民に責任があります。ここに残り、兄たちを止めるのが私の役割でしょう」

「それは……そうなんだけど」

「やめとけよ、コレット。裏切った国の姫だぜ？　サウスティに連れていったって、居場所なんかねえって」

ルカの指摘は、残酷なほどに正しい。

自分の言っていることが、甘っちょろい幻想なのは、自分でもわかってる。

でも、絶対に沈むってわかっている船にひとり残していくには、彼女は優しすぎた。

「……じゃあお礼だけはさせて！」

私は代わりに、イーリスの貴重品が入っているチェストに向かった。

「ねえ、この中でイーリスが気に入ってて、ふだんから身に着けられるアクセサリーってある？」

「ええと……これでしょうか」

イーリスは、小さなサファイアの飾りのついたネックレスを手にとった。私はディーを振り返る。

「お願いがあるんだけど」

子ユキヒョウは、真顔のままぴんと耳をたてた。

「小さな力でいいの。ちょっとだけ助けてくれる……お守りみたいなものでいいから、何か付与してあげられない？」

何もないところに魔法のアイテムを作るのは無理だけど、すでにある宝石に何か少し付け加えるのは、可能なんだよね？

ディーはしばらく私を見つめたあと、人間くさくため息をついた。

うう……やっぱダメかあ。

彼女に何か残してあげたいって気持ちは、完全に私の自己満足だもんね。

どう説得しようか、と思っていたら、唐突に女神が笑い出した。

「くっ……ふふふふ」

いきなりどうした。

「そんな顔しなくていいですよ。ディーが仏頂面なのは、さんざん力の残量がどうこうと言いすぎたせいで、いざという時にあなたに素直に頼ってもらえなかったのが、不満なだけなので」

「えー」

それは本人の前でバラしていいものなの。

つい、と視線をそらしたディーの隣でまた女神が笑う。

「あなたが一番やりたいことなのだから、その程度は遠慮しなくていい、そうです」

ディーはイーリスに近づくと彼女の手の上にあるネックレスに、ちょいちょいと前脚で触れる。サファイアは、一瞬だけ淡く光ったあと、またすぐに光を失った。

「コレット姫？」

「あまり深く聞かないで。私もうまく説明できないから」

そして、敵地に残るイーリスは、下手《へた》に詳しく知らないほうがいい。

「でも、このネックレスにはあなたを守る力がある。きっと助けになるから、持ってて」

「お気遣いありがとうございます。大切にしますね」

イーリスもまた、サファイアのネックレスをぎゅっとにぎった。

「……金と荷物は手に入ったけど、こっからどうやって逃げ出す？」

私たちのやり取りの横で、黙々と荷造りをしていたルカが、現実的な問題を口にした。

物資があっても、城門から出られないんじゃ、意味がない。

そろ……と運命の女神が手をあげた。

「あの～……ディーがですね……この際だから、思い切り仕返しをしてやりましょう、と……」

「え」

子ユキヒョウは、耳としっぽをぴんとたてて目を光らせた。

王族の人生（アクセル視点）

俺の人生は戦いとともにあった。

産まれると同時に剣を与えられ、物心つく前から武器の扱いを叩き込まれて育った。

鍛錬《たんれん》の合間に教え込まれる座学も、兵站《へいたん》の計算や軍略など、結局は戦いにつながるものばかりだ。

西の国々を守るため、惜しまず剣を振り、血を流せ。

それこそがイースタンの、王族の存在意義なのだから。

平穏は守られるべきなのだろう。

無辜《むこ》の民の命は、尊いと思う。

しかし、王族の命は？

産まれた時から研鑽《けんさん》を強いられ、奉仕のために育てられた、自分の命はどうなる。

ただただ民に奉仕し、身を削り続ける人生の先に、何が残るというのか。

ある日、父王たちが俺と妹の縁組を決めてきた。

隣国サウスティの姫君を俺の妻とし、妹イーリスをサウスティの王子にやるのだという。

話を聞いたときには、すでに両国で協定が結ばれていた。

何もかもが自分の意志の外で決められる。

届いた婚約者の肖像画には、ぼんやりとした顔の少女が描かれていた。

一般的にかわいらしくはあるのだろう。しかし、何の興味もわかなかった。

俺は、この女を妻と呼び、子を成して育てていくのだろうか。

ゆくゆくは父のように、戦場で体をもぎ取られ、寝台の上で枯れていくのだろうか。

そんな人生に何の意味あるというのか。

エメルに出会ったのは、そんな時だった。

もううんざりするほど繰り返してきた、アギト国との小競り合いのあと、兵が彼女を連れてきたのだ。

逃げ遅れた輸送隊の中に、ずいぶんと豪華な装備を身につけた女性兵がいたから、俺に検分してほしいのだという。

はたして、彼女はアギト国の王女だった。

女は城の奥で守るもの、という西側諸国と違い、アギト国では女も時に戦士として育てられる。

国を支える女戦士となるため、前線で経験を積まされていたらしい。

俺の前に引き出されたエメルは、即座に命乞いを始めた。

「私は戦士になんかなりたくなかった！　国のために死にたくない、何でもするから、私の命を助けて！」

衝撃だった。

王族の責務を否定していい。

死にたくないと叫んでいい。

命のために、矜持《きょうじ》をかなぐり捨ててもいい。

そんなことを考える人間がこの世にいたなんて。

俺は彼女を自分のそばに置くことにした。

表向きは侍女の立場だが、実態は愛人だ。いや、恋人という気取った呼び方のほうが合っているか。

俺は間違いなく、彼女に心を許していたのだから。

俺の側でさえずる彼女の言葉は、どれもこれも新鮮だった。

「なぜ王の一族に産まれただけで、重荷を背負わなくちゃいけないの」

「誰かの決めた道を歩くなんて、ゴメンよ」

「自分があと何十年もともに生きる相手だもの、伴侶《はんりょ》は自分で選ぶわ」

「信じる神が違うくらいで争うなんて、バカみたい」

彼女の言葉を聞くたび、目が開かれる気持ちだった。

ああそうだ、俺が求めていたのは『これ』だ。

俺はずっと『こう』したかったんだ。

「もうくだらない戦いはやめましょう。私なら、本国のお父様に話が通せるわ。イースタンとアギトで和平を結ぶの」

「しかし、西側諸国が黙ってはいないだろう」

「あなたに戦いを強いた国々に気を遣うの？」

「しかし……」

「じゃあ、すべての国を私たちのものにしてしまいましょう」

そう言って笑った、彼女の唇はひどく赤かった。

「サウスティも、オーシャンティアも、ノーザンランドも……いいえ、それだけじゃない。ファトム教主国もアプラもダウナルも。すべての国を飲み込んで、アクセル様が大陸の覇者になるの。あなたには、そうなるだけの力がある」

「俺に……力が」

「あなたの望みのために、あなたの力を使って」

エメルの闇色の瞳が俺を見つめる。

暗くて深くて、すいこまれそうだ。

数か月後、エメルと綿密に計画を立てた俺は、ついにサウスティの姫との婚約を破棄し、周辺三国に宣戦布告した。

「まずは計画通り……」

俺は窓の外に視線を向けた。王の寝室であるこの部屋からは、王城全体が見渡せる。

西と東、城内に造られた塔にはそれぞれ、今回の一件で招いて閉じ込めた人質たちが幽閉《ゆうへい》されている。

何をどうしたのか、元婚約者のコレットが庭で目撃されたと報告があったが、これはさほど問題と思わなかった。

この城は深い堀と高い城壁に囲まれた要塞だ。

部屋から抜け出したところで、城門と外をつなぐ跳ね橋を越えなければ外に出られない。追い詰められ、捕らえられるのは時間の問題だ。

人質作戦の進行に影響はないだろう。

彼らを使った交渉がうまくいくとは思っていない。

これは作戦のごくごく一部だ。

大切な人間を人質にとられた、その動揺を狙って次の一手を仕掛けるのだ。

すでに準備は整っている。

俺が指示を出せば、すぐにでも……。

「う……ああ」

かすれたうめき声が、俺の思考をさえぎった。

窓とは反対側、部屋の中央にすえられた豪奢《ごうしゃ》な寝台に、老人がひとり横たわっている。

俺の父だ。

元は強くたくましい、いかにもイースタン騎士王の名にふさわしい男だったが、二年前に戦場で片足を失った。

騎士の衰えは早かった。

戦場から退いた父はたちまちやせ細り、ベッドに寝着いてしまった。

国のため、民のために戦った結果がこれだ。

これをすばらしい最期と思えというのか。

「失礼します」

軽いノックの音とともに、黒髪の少女が姿をあらわした。エメルだ。

「陛下の夕餉《ゆうげ》をお持ちいたしました」

「ご苦労」

最近の父は食がすっかり細くなってしまった。エメルが作るコメ粥を食べるのがせいいっぱいだ。

近いうちに俺が王位を継承することになるだろう。

いや、もうすでに王宮は俺が掌握《しょうあく》しているようなものか。

大臣たちも、騎士たちも全員俺の味方だ。

「エメル、もうすぐだ」

「アクセル様……」

お互いに視線をかわす。

その瞬間。

バン！という大きな破裂音が城に響き渡った。

「なにごとだ！」

俺たちはすぐに作戦室に向かった。非常時には自分をはじめとした、指揮官たちが集合する手はずになっているからだ。

そこにはすでに数名の騎士が集まっている。

「第一食糧庫と厨房から火の手があがりました。中は真っ黒こげです！」

「黒こげ？　何があった！」

「わかりません。とにかく一瞬のことで……！」

「北の武器庫からも火の手があがっています！」

「第二食糧庫から出火！」

城のあちこちから、火事の報告があがる。

窓の外を見ると、報告にあった場所以外からもちらほらと赤いものが見え始めていた。

「避難と、消火だ！　女子どもを城から出せ！　男は全員消火にあたれ！」

「はっ！」

「それから、塔に閉じ込めている人質は……」

「殿下！」

兵がまた部屋に飛び込んできた。

「今度はなんだ！」

「人質が脱走しました！」

「は⁉」

予想だにしなかった報告だ。

「全員鍵付きの部屋に閉じ込めて、見張りを立てていたはずだろう！」

「それが、すべての鍵が何者かによって開錠されていたのです。見張りが火事に気を取られたすきに、いっせいに脱走を……！」

「なん……だと……？」

思わず頭を掻きむしりたくなる。

人質は計画の要《かなめ》だ。

彼らを失ってしまえば、三国との交渉も、その先の計略も、何もかもが崩れてしまう。

「城門をおろせ！　跳ね橋をあげろ！　誰もここから出すな！」

「それでは避難が……！」

「人質を失うほうがもっとマズい。いいか、絶対に門を開けるな！」

命じると、兵は青い顔で退出していった。

「殿下、報告です！」

また別の兵が走りこんできた。

今度は何があったというのだ。

「地下牢が……破られました」

「は……!?」

この城には、他の多くの城と同様に犯罪者を留め置くための部屋がある。人質を閉じ込めていた塔とはまた別の意味の監禁部屋だ。こちらにも鍵と屈強な見張りが配置してある。

そこが破られた？

「どんな手練れが襲撃してきたんだ！」

「いえ……それが……誰も」

「誰もいなくて、牢が破られるわけがないだろうが」

「本当に誰もいないんです！　気が付いたら、牢の鍵が全部あいていて、火事に驚いているうちに、中のやつらがいっせいに外に出てきて……！」

塔の人質と同じことが、地下牢にも起きたらしい。

「人質もそうだが、犯罪者もマズい……！　全員一歩も外に出すな！」

「無理です！　火を見た使用人たちが、外に出せと城門に殺到していて……！」

「止めろ！」

その声に呼応するかのように、ドン！　と大きな音が響いた。

方角は、城門のあるあたりだ。

慌てて窓から外を見る。

「ああ……すでに……」

兵が力なくつぶやく。

城門はパニックになった者たちの手で開け放たれてしまっていた。

「止められないのなら、追え！　全員連れ戻すんだ！」

転生王女は敵国の城下町から脱出したい

抜け道

「なんか……上はすごい騒ぎだね……」

コツ、コツ、と暗い地下通路を歩きながら、私は思わずつぶやいた。

石壁越しに、わあわあと人々が叫びあう声が、かすかに伝わってくる。分厚い壁を通してこれなのだ、実際の現場は大変なことになっているだろう。

「火は城塞の最大の敵だからなあ。それがあちこちから出たってなれば、パニックにもなるだろ」

一緒に歩いているルカがため息交じりにそう言う。

「混乱は大きければ大きいほど、カモフラージュになります。コレット様、先を急ぎましょう」

ディーが太いしっぽを揺らしながら先導する。

暗い中でも目立つ、白いユキヒョウの姿を私たちは追った。

城を脱出する際にディーが提案したのは、『人質も犯罪者も全員解放しちゃおう作戦』だった。

アクセルに閉じ込められている人間を全員解放し、いっせいに逃げさせることで、追手が私ひとりに集中しないよう仕向けたのだ。

「人質がただ逃げただけじゃ、騒ぎが小さすぎるからって火事まで起こすとか……女神の奇跡の力って、大したことなかったんじゃないの？」

「何度も申し上げておりますが、私は大したことはしてませんよ。城内の鍵という鍵を開け、ちょうど同じ時間帯に大きな火になるよう、火種をばらまいて回っただけで」

いやそれ十分大したことだから。

「今の私は、白い子猫にしか見えません。どこにでも入り込みやすいのは、うれしい誤算でした」

「遠い場所のオブジェクトに干渉するには、距離に比例した力が消費されますからねえ。力を行使するディー自身が城中を回れば、その分節約になります」

女神が声だけで会話に参加する。どうも、この狭い通路で姿をあらわすと邪魔になると思って姿だけ消しているらしい。

気遣いはうれしいけど、いきなり壁の中から声がするのは、これはこれで落ち着かない。

「それでも、最初の爆発はどうやったの？　城の倉庫に火薬でもあった？」

「火薬なんて使ってません」

「明らかに爆発音だったけど⁉」

「私がやったのは、せいぜい密室に小麦粉をばら撒いて、充満したところに火種を投げ込んだくらいで」

「粉塵《ふんじん》爆発じゃん！」

うちの従者、やり口がえぐい。

「フンジン……？」

ルカが不思議そうに首をかしげた。

そうだよね、ファンタジー育ちの君にはわからないよね！

「あ～……小麦粉とか、可燃性の細かい粉が空中に舞ってるところに火をつけるとね、その粉が一気に燃え上がって爆発するの」

「マジで？　そういえば、パン焼き窯《かま》の近くに小麦の袋を置いておくなって言ってるのを聞いたことがあるな……そのへんが理由か？」

この世界でも、小麦粉の利用は盛んだものなあ。

偶然の事故から学んだ人も多いだろう。

「この世界にはまだ黒色火薬が存在しません。硫黄《いおう》や硝石《しょうせき》を利用価値のある素材と認識してないから、どこにも備蓄されてないんですよ」

「そもそも、材料がなくて火薬が作れない？」

「そういうことです」

歩きながら、ディーは頭だけを小さく縦に振る。

なるほど、私たちの前に何度も立ちはだかっている『ないところにモノを作るのは難しい』問題なわけだ。

「でも、いいかげんその程度の力は、蓄積してるはずですよ」

女神の声が状況を指摘してくれる。

私はその言葉を確認するため、服の中に隠していた虹瑪瑙のペンダントを胸元からひっぱりだした。

「へえ……本当に色が変わるんだな」

ルカが感嘆の声をあげた。

私も思わず声を出してしまいそうになる。

それくらい、劇的な変化だった。

「最初はほぼ真っ黒だったのに……今は青くなってる……」

虹色だった瑪瑙は、明るい青へと色を変えていた。色が明るく金に近づくほどに力が強くなるらしい。イーリスからもらったペンダントを、女神の力の残量メーターにする、という奇跡は思った通りに機能していた。

「人質と犯罪者のいっせい解放ですからね。火事を起こすついでに、城に備蓄されていた武器や軍糧もあらかた焼いてしまいましたので、戦争の準備自体がかなり阻害《そがい》されているはずです」

「それで、この色なんだ」

うちの従者、やり口がやばい。

見ているうちに、またペンダントの色が一段明るくなる。色味もちょっと緑がかってきた。

「あれ？ 今度は何が起きたんだろう」

「人質の誰かが、城からの脱出に成功したのでしょう。私たちが直接やったことだけでなく、連鎖的に起きた事象も女神の力に加算されます」

「すご……上のパニックを潜り抜けて、脱出した人がいるんだ」

「コレット様は真似してはいけませんよ。混乱の中では何が起きるかわからないのですから」

他の人間なら、巻き込まれて怪我してもいいのだろうか。

……ディーなら『構いません』とか言いそうだな。

「せっかく逃げられるってのに、変な怪我とかしたくねえもんな。その点、この通路は安全だ」

狭い通路を見回しながら、ルカが笑う。

「なにしろ、イースタンの王族しか知らねえんだから」

「まさかアクセルたちも、自分たちのために造られた脱出路を、人質が使ってるとは思わないでしょうね……」

私たちが今歩いている道は、万が一城が陥落した時に王族が逃げるための地下通路。いわゆる隠し通路というやつである。

女神の使徒として、この城の全マップを完全に把握しているディーだからこそ使える、チート脱出ルートである。

この道はイースタン王族と、彼らを守る近衛だけが知る秘密の中の秘密。本来、他国から来たばかりの姫が知っているわけがない。

アクセルにはここを探そうなんて考えすら、浮かばないだろう。

「もうすぐ出口ですよ」

先頭を行くディーが、顔だけで振り向いた。

暗い通路の先を見ると、突き当りに光が少しだけ差し込んでいるのが見える。今は夜のはずだから、出口のどこからか、月光が差し込んでいるのだろう。

近くまでいくと、壁に梯子《はしご》が取り付けられているのがわかる。

「ここを登れってことらしいな」

ルカが梯子の上を見上げる。

外から人が入り込まないようにするためだろう。梯子の終点は鉄格子がふさいでいた。でも、私たちにとって鍵は障害にならない。

首に下げた虹瑪瑙のペンダントの色が、ほんの少し暗くなると同時に、パキン、と扉が音をたてた。

見ているうちに、勝手に開く。

「あたりに人がいないか、見てきます。お二方はそちらでお待ちください」

子猫の姿なのに、ディーは器用にひょいひょいと壁を登っていった。じっと待っていると、すぐにまた、ひょこっと顔を出す。

「誰もいません。上がってきてください」

私たちはうなずきあうと、梯子を上った。地下通路から出て周りを見回す。

すぐそばに、ぼろぼろの物置小屋が。少し離れたところに古びた大きな石造りの建物がある。裏手から見ているからわかりにくいけど、石造りの建物はどうやら古い神殿のようだった。

振り返った地下通路は、入り口が大きな石で囲われていた。使われなくなった古井戸に偽装していたみたいだ。

「なあ、あれ」

不意にルカが私の袖をひっぱった。

つられるようにそちらを見ると、とんでもない光景が目に飛び込んできた。

「あ……」

深い堀の向こうにあるのは、燃え上がるイースタン城の姿だった。

あちこちから炎の赤い舌がのぞき、夜だというのに、城全体が明るく輝いている。

あれってけっこうまずくない？

火の手があがるイースタン城を見て、思わず私はディーを振り返った。

アクセルたちの目をくらますために陽動が必要なのは、私もわかっていた。だから騒ぎが起きて、城の人たちがパニックになるのも納得していた。

でもここまでやれとは言ってない。

あそこには、イーリスだって、洗脳されたテレサだって残ってるのに。

城が全焼してしまったら、イーリスが兄をいさめるも何もないだろう。

「ディー、やりすぎだよ！　あんなに燃えて……どれだけ被害が出るか！」

「大丈夫ですよ」

子ユキヒョウは、平然と城を見る。その表情には何の不安も見えなかった。

どこが大丈夫だというのか。

「ディー！」

声をかける私の頬に、ぽつ、と何かが落ちてきた。

「え……？　水？」

困惑しているうちに、ぽつ、ぽつ、と大粒の水滴がどんどん空から落ちてくる。

「な、なに、雨？」

「今夜から明日の朝にかけて、周辺一帯に大雨が降る予定です。城は派手に火が出ているように見えますが、すぐに消えますよ」

「え……、火事を消し止めるために、雨を降らせたの？」

雨は、すなわち大量の水だ。

広範囲にわたって自然現象を起こすのは、かなりの奇跡ではないだろうか。

しかし、私が首から下げているペンダントは、明るい青のままだ。

「奇跡じゃありませんよ」

ふい、とディーはアイスブルーの瞳をこちらに向けた。

「コレット様、お忘れですか？　私はゲームデータとしてここ数日の世界の歴史を把握しています。各国の情勢、人の動き、そして……日々の天候も」

「あ……」

言われてみれば、そんな要素があった気がする。

監禁部屋に閉じ込められているのに、外で雨が降ってるとかそんな情報提供されても、意味がなかったから、あまり気を配ってなかった。

「あなたが行動すれば、人の運命が変わります。しかし、その影響範囲はあくまで人の世まで。大きな自然現象には影響しません。事前に観測さえしていれば、いつどこで雨が降るか、簡単にわかるのですよ」

「全部織り込みずみ……だったってこと？」

私が目を丸くしていると、ディーは猫の姿のまま、器用に肩をすくめてみせた。

「私の使命は、あなたをお守りすること。ですが、さすがに主の友人や侍女の身に危険が及ぶような火のつけかたはしません」

手段を選ばないように見えて、しっかり配慮しているとか。

私の従者、有能がすぎないだろうか。

「そちらの小屋に入りましょう。私たちも、雨をしのがなくては」

「うん……」

ディーにうながされた私たちは、小屋の中に足を踏み入れた。

避難場所

「あれ？　普通だ……」

小屋の中に入った私たちは、思わずあたりを見回してしまった。外観は明らかにボロボロで、長く放置されているように見えたのに、室内に荒れたところはなかった。

天井も床もきちんと掃除されていて、蜘蛛の巣どころか埃《ほこり》ひとつないし、雨漏りだってしていない。棚に収められた箱には、硬く焼いたパンや干し肉などの保存食が入っていた。これも、カビたり腐ったりしてない。

「どうなってるの、これ？」

ディーはぶるりと体をふるわせ、毛皮にまとわりついた水滴を落としてから、おすわりポーズで答えてくれる。

「私たちが通ってきたのは、王家の脱出路ですからね。この小屋は逃げてきた王族がいったん、身を隠すために用意されていたようです」

「外側がボロボロになってたのは、カモフラージュ？」

「有事の際には、すぐそばの神殿から神官がやってきて、王族を保護したり街の外に逃がしたりする算段になっていたのでしょう。ここに置かれている物資も、彼らに持たせるために維持管理されていたと思われます」

「単なる道だけじゃなく、その先の避難計画まで用意してあったのね」

それを聞いて、ルカがぎょっとした顔になった。

「それ、マズいだろ。雨が降ってきたとはいえ、城はまだ燃えてる。通路を使って王族が逃げてきてないか、神官が確認しにくるんじゃないのか」

城の火災は一大事だ。

逃げ場を失った王族が、秘密の通路を使う可能性は十分ある。

「その心配はありませんよ～」

ひょこ、と小屋の壁を無視して運命の女神が顔を出した。

「あちらの神殿の中には、もう誰もいませんから」

のんびりとした報告に、私は目を丸くしてしまう。

「なんだって？」

「神殿の中に人はいないって、女神が」

「おかしくねえか？小屋がこれだけ手入れされてるのに、肝心の王族を助ける人間が神殿にいないとか、理屈にあわねえ」

「いいえ、むしろ当然の結果です」

ディーがぴこっと耳を揺らした。

「なぜなら、この神殿に祀られているのは、運命の女神だったのですから」

「うん？」

いまいちぴんときていないらしい、ルカが首をかしげた。私も一緒になって首をかしげる。

王家の緊急避難と、神殿の神様がどう関係してくるというのか。

「ここの神殿に詰めていた神官の主はイースタンではなく、運命の女神なのですよ」

「ええと……それが、何か？」

まだちょっとわからない。

見かねたディーが、ふうと大仰にため息をついた。

「コレット様、ご自分の結婚式を思い出してください。アクセル王子はあなたとの婚約を破棄しただけでなく、運命の女神が祀られる祭壇の前で神を侮辱《ぶじょく》し、止めに入った神官を斬殺《ざんさつ》しています」

うるさい、の一言で斬り捨てられた神官の姿が脳裏に蘇る。

そういえばそうだった。

彼は婚約を破棄しただけではない。城内の神殿を血で穢《けが》していたのだ。

「神への冒涜行為は敬虔な神官ほど受け入れられません。結婚式の場で神官が殺されたと聞いた彼らは、有事には王族保護に協力する、というイースタンとの約定を破棄して、出て行ったのでしょう」

「もしかして……アクセル王子は先祖たちが維持してきたセーフティネットを、自分でなくしてしまった……？」

自分のことだけでいっぱいいっぱいだったから気づかなかったけど、私の婚約破棄騒動は宗教的な意味でもおおごとだったらしい。

「いなくなった連中はどこに行ったんだろうな？」

改めて荷物を整理しながら、ルカが神殿の建っている方向に目をやる。それは私も気になった。

「おそらく、ファトム教主国でしょう。地域の神官は地元の神学校で学んで、その職につくものですが、形式上は全員教主国の大神殿から派遣されていることになっていますので」

「保護を求めるなら、まずはファトム教主国ってわけかあ。詳しいね、ディー」

「……私の素体を誰だと思ってるんです。あなたの結婚式で斬殺された神官ですよ。当然彼の記憶も受け継いでいます」

「あんた、そんな出自だったんだ？」

ルカは幽霊でも見るような目をディーに向ける。

かわいいユキヒョウの姿だから、すっかり忘れていた。

ディーの元は成人男性だったのだった。

「婚約破棄の影響が出ているのは、この神殿だけではないでしょう。イースタン国内の神官の多くは今頃、国外脱出を検討していると思います」

「ええ⁉ それはおおごとすぎない……？　たしかに、アクセルのやったことはやばいけど、神官全員が出ていっちゃうほどのことでは……」

神殿は、政教分離で政治から切り離された現代日本の寺や神社とは立場が違う。その多くは、各地方の冠婚葬祭を取り仕切り、領主と協力して弱者救済を行う福祉機関だ。

福祉施設がなくなった農村がその後どうなるのか。

考えただけでも恐ろしい。

「彼らも不本意だったでしょうが、己の身を守るためです」

ディーは、またぶるっと体をふるわせた。毛皮に水滴が残っていたらしい。

「アクセル王子は、アギトの姫エメルとの結婚を宣言しました。異教徒との婚姻は、事実上の改宗宣言です。次期王が異神に下ったのなら、国そのものも近いうちに改宗することになるでしょう。その次に始まるのは、運命の女神への宗教弾圧です」

「単なる異教ならともかく……アギト国が信奉する神様は、運命の女神を邪神だって、名指しで批難してるからね……」

運命の女神とアギトの邪神は共存できない。

次に殺される神官は自分かもしれない。

弾圧を恐れた彼らが国外に脱出を考えるのは、当然の話だ。

「ですが、国外脱出を図る者が多いのは、私たちにとっても好都合です。それだけ、移動する人の間にまぎれることができる」

「俺たちは城を出て終わりじゃねえもんな」

私たちの目的地はサウスティだ。

王国の騎士たちに保護されてやっと、助かったと言える。

「移動は夜が明けてからとして、目立たねえよう身なりを変えておこうぜ」

「そうだね。雨が降ってる間は動けないし、時間のあるうちに準備しよう」

すでに、カバンの中に変装の材料はそろっている。

お姫さまらしい姿では、すぐに見つかってしまうだろうから、と地味な服ばかり選んで持たせてくれたイーリスに感謝だ。

「あー……でも」

ふと、ルカの視線が私に向けられて止まった。

ディーの視線も私に向けられる。

「なに？」

「コレットを地味にするのって、無理じゃね？」

なんでよ！

赤毛の姉妹

王城から火が出た翌日、夜中に降っていた雨が嘘だったかのように、空は明るく晴れ上がっていた。

城の外に広がる城下町では、いつもように朝市が開かれる。

騒ぎがあっても商売はしなくてはならない。

むしろ、城から人が出てきたぶん、商売時とも言えた。

「おじさん、このパンいくら？」

パンの露店《ろてん》を広げていた店主に、子どもがひとり声をかけた。燃えるような赤毛と、若草色の大きな瞳がかわいらしい。子どもはふんわりとしたワンピースの上からマントを羽織り、手には大きなカバンをひとつ抱えていた。

「ふたつで銅貨一枚だ」

「じゃあ、ふたつちょうだい！」

「お嬢ちゃんかわいいから、オマケしてやるよ。ほれ、三つもってけ」

「ありがとう！」

子どもは銅貨を二枚店主に渡すと、うれしそうにパンを受け取った。

すぐ後ろに立っていた私に、笑顔で振り返る。

「お姉ちゃん、オマケしてもらっちゃった！」

「よかったわね」

ありがとうございます、と私もお礼を言って店主に頭をさげてから、その場を離れた。

「他人には女子にしか見えてないな……よし、国境を超えるまではこのままでいこう」

市場から離れたところで、ルカはいつもの調子でぺろりと舌を出した。

「ルカはそれでいいの……？」

目の前の男の子の言動が信じられなくて、私は絶句してしまう。

スカートだよ？

女の子のフリだよ？

嫌になったりしない？

「だーかーらー、生きるか死ぬかってときに贅沢言わねえって言ったじゃん」

そのセリフは覚えてるけど。

だからってここまで開き直るとは思わなかったよ。

「せっかく女顔に生まれてきたんだ、利用できるものはとことん利用するさ」

にや、と笑う顔は女の子のフリをしているのに、妙に男の子っぽい。

「だいたい、『いいのか？』は俺のセリフだっての」

今度は私がルカに確認をとられる番だ。

「コレットこそ、髪をそんなにしてよかったのかよ」

私は、そっと肩口に手をやる。

そこに、長年手入れしてきた豪華なストロベリーブロンドは存在しなかった。肩口で切りそろえた上、ルカと同じ燃えるような赤に染められている。

「似合わない？」

「似合うとか似合わないとかの問題じゃねえって。ただ切っただけじゃなく、色まで変えてんだぞ？　ショックとかねえのかよ。女にとって命より大事なモンだろうが」

「心配してくれるのはうれしいんだけど、今の私にそこまでこだわりないからなあ」

それより街中で目立つほうが困る。

ツヤツヤキラキラのストロベリーブロンドは、ヒロインらしくキレイでかわいいけど、とにかく人の目をひくのだ。

追手が目印にするなら、まずこの髪だろう。

現代日本の価値観があるせいだろうか。

金髪が命の危険を冒してまで維持するべきものとは思えなかった。

「私の力が足りないばかりに……このような……」

うなだれながら、ディーが後ろからついてくる。

昨日の脱出劇のドヤ顔から一転、その足取りはいかにも『とぼとぼ』と表現したくなるほど、弱弱しくおぼつかない。

「気にしてないから大丈夫だって」

「しかし……主であるあなたに、髪を切らせてしまうなど……！」

私のイメチェンに一番反対したのがディーだった。

どう考えても、切って色を変えるのが一番コストが低いのに、わざわざ目くらましの奇跡とか、かつらの奇跡とか、よくわからない提案をいくつも出して、ねばりにねばりまくったのだ。

ファンタジー世界に光学迷彩を降臨させちゃダメだ。

せっかく貯めた力が、一瞬で消し飛んでしまう。

「今の私にとって、女子が自分で髪を切るなんてありえない、って価値観は好都合だわ」

年頃の男の子なのに、平気で女装しているルカと一緒だ。

イースタンの追手が探しているのは『ストロベリーブロンドの少女』と『赤毛の少年』。

「ヒョウ柄の白猫を連れた、赤毛の姉妹なんて絶対探さないでしょ」

この赤毛は、人混みに紛れる意味でも都合がいい。

血縁関係のなさそうな少女と子どもが連れ立って歩いているのは不自然だけど、歳の離れた姉妹ならよく見かける組み合わせだ。幸い、ルカも私もやや色合いが違うものの目は緑だ。髪の色さえあわせてしまえば、姉妹を名乗って違和感がない。

「市場で必要なものを買いそろえたら、次は移動のアシね。乗り合い馬車か何か、乗せてもらえるものを探しましょう」

「へえ、姉ちゃんたち馬車を探してんのかい」

ぬう、と大柄な男の影が私たちの前に立ちはだかった。

「なん……ですか？」

私は突然目の前にあらわれた男を見上げた。

ガラがよくないのが、一目でわかる風体だった。髪は汚れて、ひげも伸び放題。身に纏《まと》う安物の服は、垢《あか》じみて色が変わっている。体格だけは恵まれていて、頭ふたつぶんは私より上背がある。

「馬車を探してるんだろ？　俺が案内してやるよ」

言葉は親切そのもの。

しかし、その視線はなめるように私の体をなぞる。

ぞわっと一瞬で全身に鳥肌が立った。

「必要ありません。自分で探します」

私はルカの手を取ってその場から離れようとした。

しかし、男はその大柄な体を使って、すぐに回り込んでくる。

「おっと、待ちなよ。あんたこの辺じゃあ見ない顔だ。街のことに詳しくねえんだろ？　手を貸してやるって言ってんじゃねえか」

「必要ありません」

別方向に逃げようとしたら、またひとり男が立ちふさがった。

「人の親切をむげにしちゃあいけねえなあ」

男は、最初に立ちふさがってきた男と同じ、いやらしい笑顔をこちらに向ける。

ふたりの様子を見て、私はやっと自分の犯した失敗に気づいた。

ここは平和な現代日本じゃない。

腕っぷしがモノをいう治安最悪のファンタジー異世界だ。

子猫を連れた若い姉妹なんて、襲ってくれと言ってるようなものじゃないか！

しかも、私もルカも身なりがいい。イーリスが譲ってくれた服は、デザインは地味だけど仕立てがいい。それを着ている私たちの体も、荒れたところがない。

絶好のカモ、だ。

「……っ」

振り向いて、反対方向に逃げようとしたら、そこにも別の男があらわれた。

いつの間にかガラの悪い男たち以外の人影が通りから消えている。

私たちは気づかなかっただけで、とっくの昔に彼らの包囲網の中にいたらしい。

「通してください」

「まあ聞けよ、いい働き口を紹介してやるから」

「毎日ベッドに寝てるだけでいいんだぜぇ？」

下卑《げび》た男たちの笑いが響く。

ろくでもない働き口なのは、聞かなくてもわかった。

女神を見ると、彼女は青い顔で首を振った。

「力は増えてきてますけど……運命係数の高い人間に直接作用するには、コストがかかります。この人数をすべて処理するのは……！」

女神の奇跡もあてにならないと。

「あん？　どこ見てんだ？」

男が私に手を伸ばしてきた。

私はルカを背にかばいながら、一歩さがる。

追いかけようとした男の前を、白いものが横切った。

「いってぇ！　この猫ひっかきやがった！」

フシャアッ！　とディーが声をあげる。彼は全身の毛を逆立てて、男たちの前に立ちはだかった。

一瞬、ほっと息を吐くけど、安心はできない。

どんなに頼もしく見えても、ディーの見た目は猫でしかないからだ。

「邪魔なんだよ！」

男のひとりが、ディーを蹴っ飛ばした。

小さな体はあっけなく吹っ飛ばされ、路地の奥に消える。

「ディー！」

「てめぇの猫のせいで、怪我したじゃねえか！」

ディーに手をひっかかれた男が、私の腕を掴み上げた。

「いっ……！」

関節が逆方向に曲げられる痛みに、思わず声が出る。

「お姉ちゃん！」

「あなたはさがって！」

男に抵抗しながら、前に出てこようとするルカを押さえる。

ルカはまだ十歳の子どもだ。

細くて軽い体は、私よりずっと脆《もろ》い。

男に殴られたらひとたまりもないだろう。

従者をすべて取り上げられた私たちに、保護者はいない。

「あなたは、私が守る」

立ち向かえ。

戦え。

私は、お姉ちゃんなのだから。

「この……っ」

一か八かで、荷物の入っていたカバンを振り上げる。

この一撃で、男が手を放してくれれば……！

「お？　がんばるねえ」

しかし、男は軽々と私のカバンを受け止めた。

そのままカバンを後ろに放り投げる。

持ち物まで取られて、私の手には本当に何もなくなってしまった。

「お姉ちゃん、いいから！」

「前に出ちゃだめ！」

それでも、ルカを前に出すわけにはいかない。

体ごと、背中にかばう。

この子は私が守る。

絶対に雪那《おとうと》を、死なせない。

「はなして……っ！」

「へっ、誰がきくかよ。来い！」

男が手に力をこめる。

引っ張られる、と思った瞬間、ごっ、と男の脳天に何者かの一撃が落とされた。

「うげっ……」

突然攻撃を受けた男は、ぐるんと白目をむいてしまった。私の腕を掴んだまま、ぐらりと体がかたむいていく。

「手を離せ」

あらわれた誰かが、男の手を私の腕からはがして、体ごと地面に転がす。ルカをかばう私の体を、さらにかばうようにして男たちの前に立ちはだかった。

「この方は、お前が触れていい人じゃない」

背の高い青年だった。

といっても、私たちを囲んでいる下品な男たちとはまったく雰囲気が違う。すらりと手足が長くて、均整のとれた体付きは鍛えられた騎士を思わせる。

髪はきらきらと輝く銀。

こちらに背を向けているから、顔はわからなかった。

でも。

今聞こえたあの声は。

「なんだお前？」

「どこからっ……！」

「ごたくはいい、全員失せろ」

「は？」

突然入った邪魔に、男たちが鼻白む。

狩りに横やりを入れられたのだから、当然の反応だ。

「お前こそ失せろよ！」

「状況わかってんのか、五対一だぞ」

「ハ……お前ら程度。ザコが何人集まったところで、敵にもならん」

「なんだとぉ!?」

青年の挑発にあおられて、ひとりが殴りかかってきた。

しかし、青年は軽々と攻撃をかわし、その腕を掴む。

「あ、お……？」

「遅い」

バシ、と音がして、腕を掴まれていた男が崩れ落ちた。

早くてよく見えなかったけど、たぶんアゴに一撃いれられたのだと思う。

「てめぇ！」

残っていた男たちがいっせいにとびかかってきた。しかし彼はそれらをことごとくかわし、反撃する。

それだけじゃない。

「触れるな」

何をどう察知したのか、彼は突然私たちを引き寄せて身を翻すと、ノールックで背後に蹴りを繰り出した。後ろから男たちのひとりが忍び寄ってきていたらしい。

容赦《ようしゃ》ない一撃をくらった男は壁に激突して、そのまま動かなくなる。

あっという間だった。

私たちが呆然と青年の後ろに立ち尽くしている間に、彼は男たちを全員地面に転がしてしまった。

まだ意識のある男もいるみたいだったけど、全員戦闘不能なのは明らかだった。

「コレット様、お怪我はありませんか」

青年がこちらを振り向く。

その姿を見て、私は思わず息をのんでしまった。

だって。

彼はとんでもない美青年だったから。

私が花邑紫苑として生きた二十年、加えてコレットとして生きた十七年、合計三十七年の人生を合わせてみても、こんなにキレイな男の人は見たことがない。

髪はさらりとした長い銀。

切れ長の瞳は透き通るようなアイスブルー。

彫りの深い顔だちは、計算されつくした美術品のように整っている。

銀と蒼の色彩もあいまって、透き通った氷の彫刻のような美しさだ。

「コレット様？　やはりどこかお加減が」

ひら、と青年が私の目の前で手を振る。

イケメンは手までイケメンなのだな。

生きた国宝ってこういうことを言うのか。

……いや、そういうことじゃなくて。

「あ……ありがとう。少し腕を引っ張られただけだから、大丈……」

「よかった……間に合った」

氷のような美貌が柔らかくゆるんだ、かと思った瞬間、暖かな腕に包み込まれていた。彼が私の体をぎゅうっと抱きしめてきたのだ。

待って待って待って。

この状況、私にどうしろと。

前世では弟分の育児にかかりきり、現世ではお姫様として異性との接触が制限されてきた私に、男の人にハグされた経験はない。

せっかく肉体的な危機が去ったのに、今度は精神的な衝撃が心臓にダイレクトアタックしかけてきてるのですがぁー！

「今度は、あなたをお守りすることができた」

……とはいえ、彼がそんな行動に出てしまった理由もわかるので、抵抗できなかった。

ついさっき、蹴られて吹っ飛んでいったところだもんね。

「ここに留まっていては危険です。移動しましょう」

青年は私から体を離すと、エスコートするように手を差し出してきた。

私はその手に自分の手を重ねた。

不審とは思わなかった。

彼は私の味方だ。

間違いなく。

「なあ……あんた、その声……ディーか？」

私の確信をルカが代弁した。

青年が苦笑する。

「もちろん、私はコレット様の使徒、ディートリヒですよ」

美青年は私たちの聞きなれたバリトンイケボで、名前を告げた。

ディートリヒ

「ここまでくれば、もう大丈夫でしょう」

比較的人通りの多い場所まで戻ってきてから、ディー（美青年）が振り返った。

つ、と手を引かれて、自分が美青年と手をつないでいたことに気が付いた。自覚と同時に、かあっと頬が熱くなる。

手を差し出されたからって、エスコートされるがままって、どうなんだ自分。

いい加減黙っていられなくなったらしい、ルカがディーに疑問を投げかける。

「ディー、あんたなんでそんな格好になってるんだ？」

「そ……そうだよ！　女神の奇跡でも、人間をどうこうするのは難しいんじゃなかったの」

「私の体は人間と違って変化コストが低い、とも申し上げましたよ」

ふう、とつまらなさそうにディーがため息をつく。

ユキヒョウの時と同じ表情なのだろうけど、美青年になったぶん、可愛げがない。

かっこいいけど。

「奇跡の力だけで彼らを排除するのは不可能でしたからね。ユキヒョウの体を元の成人男性に戻して、私自身が物理的に排除したほうが効率がよいと判断して、実行しました」

「……ディーの物理排除は奇跡じゃないんだ」

「それは私自身のスペックですね」

美青年は誇らしげに語る。

そんな姿だけは、ユキヒョウのドヤ顔とまったく同じだった。

首から下げていたペンダントに目を落としてみる。女神の使徒とはいえ、ユキヒョウを人間の姿に変えたせいで、虹瑪瑙は濃い藍へと色彩を変えていた。

「コレットさん、どうですか？　どうですか？　彼の姿、めちゃくちゃかっこいいでしょ？」

イケメンの隣では運命の女神が謎のハイテンションだ。

「どうして女神が得意顔なの」

「だって最初に言ったじゃないですか。ゴリッゴリに紫苑さん好みにチューニングしたって」

「ちゅーにん……え……？」

この女神、なんて言った？

紫苑好みに？

チューニング……した？

つまりディーの容姿は自然発生的なものではないと。

私が好ましいと感じる要素を『ゴリゴリに』取り入れた『意図的なデザイン』。

これが私の好み。

「うあああああああ………」

羞恥心と罪悪感、ふたつの感情に同時に襲われた私は、思わず声をあげてしまった。

「コレット？」

私の混乱を目の当たりにして、ルカが目を丸くする。

「今度は何があったんだよ」

「絶対教えない…………！」

私はぶんぶんと首を振った。

十歳の少年に自分の性癖《しゅうち》がコレだと知られるわけにいかない。

今度こそ羞恥で死ぬ。

おのれ女神。

日本生まれ日本育ち、両親も日本人だった紫苑の人生から何をどう抽出したら、こんな顔が出来上がるの。

心当たりがないわけじゃないけどさあ！

銀髪にアイスブルーの瞳のクールビューティー系イケメンとか、業が深すぎてやばいしかない。

苦しみ続ける私を、ディーが心配そうに見つめてくる。

「お嫌……でしたか？」

「嫌じゃない」

好みストレートど真ん中です。

乙女ゲームの攻略対象だったら、即ディートリヒルートを選択して一途プレイしそうなくらいにはお好みです。

顔を見るたび羞恥心と罪悪感が襲ってきて、情緒がかき乱されるだけで。

なおも頭を抱えている私につきあいきれなくなったらしい、ルカがさっさと歩きだした。

「なんかよくわかんねーけど、デカい問題がねえなら行こうぜ。また変なのに絡まれる前に、城下町を出ねえと」

「えっ……あ」

現実的な問題を突き付けられて、私はあわてて彼を追う。

そうだった。

今の私は敵地に取り残されたお姫様だ。

迷っている暇なんかない。

このメンバーで、一刻も早くサウスティ国境まで旅しなくちゃいけない。

……でも。

私は隣を歩く銀髪の美青年の顔を盗み見る。

このイケメンと旅？

四六時中一緒？

心臓が持つ気がしない……‼

血のつながらない姉（オスカー視点）

「サイラス様、水をお持ちしました」

共同の井戸から汲んできた水筒を手に声をかけると、馬車の荷台で休憩していたサイラスがこちらを向いた。温厚そうな笑顔を浮かべながら、水筒を受け取る。

俺は彼の下座を選んで荷台に座った。

サイラスはこっそり頭を下げる。

「オスカー様……騎士団長様の御令息に水汲みをさせるなど、申し訳ありません」

「偽装のためだ、気にするな。もともと、使い走りは騎士見習い時代にさんざんやっている」

人質にされたコレット姫を救出するため、俺たちは隊商を装ってイースタンに侵入していた。年かさのサイラスが裕福な商人役、彼よりやや若いオズワルドが御者役、そして最年少の俺は護衛兼下働き役だ。

元が下級騎士のサイラスは命令するたびに恐縮しているが、当然の配置だろう。すでに成人して正式な騎士に叙任《じょにん》された身だが、自分がまだ十代なのは事実だ。彼らを従えて他国を歩くのは不自然だろう。

この役回りも悪いことばかりではない。護衛役であれば下働きの格好でも腰に剣をさげられる。異国の地で武装を手放さずにいられるのは、ありがたかった。

「この程度のこと、苦労のうちにも入らん。……人質に取られているコレットに比べれば」

この先の王城に閉じ込められているはずの幼馴染を思う。

結婚式の当日に婚約者に裏切られるなど、あってはならないことだ。

彼女はどれほどショックを受けただろう。

その上幽閉され人質にされ、どれほど心細い思いをしているか。

「コレット様について、うかがってもよろしいですか？」

「うん？」

サイラスの唐突《とうとつ》な問いに、俺は顔をあげた。

「私どものような下級の身分では、王城の奥に守られている姫君にお目にかかることはありませんので」

商人に擬態《ぎたい》した老兵は苦笑する。

「肖像画でお姿は確認しておりますが、それ以外……お人柄などは存じ上げません。お救いするにあたり、どのような方なのか、事前に詳しくお教えいただければと」

幼馴染なのですよね？　と問いかけられ、俺はうなずく。

「コレットとは俺が三歳の時からのつきあいだ。幼いコレットの遊び相手として、父が俺を王城に連れていったのが出会いだな」

「オスカー様が三歳というと……コレット様は」

「ちょうど、四歳になったころだ。生まれ年は同じだが、コレットのほうが半年ほど誕生日が早い」

そして、その半年が致命的だった。

「当時のコレットには、生まれが半年遅く、小柄だった俺がずいぶん幼く見えたようでな。一目で俺は『弟』に認定されてしまった」

「おとうと？」

大柄な今の俺と『弟』の単語が結びつかなかったらしい。

思わず単語を繰り返してしまったサイラスに、俺は深くうなずく。

「……ちょうど、体調不良を理由にコレットの母君がこれ以上子どもは作らないと宣言した直後だったのも間が悪かったらしい。弟か妹か、ともかく下の兄弟がほしかったコレットに、『お姉ちゃん』と呼ぶようにとお願いされてしまったんだ」

「権力にものを言わせた王族のワガママ、というには微妙な内容ですな」

「しょせん四歳の子どもの言うことだからな。言われた俺もまだ三歳で、父も当時の国王夫妻と仲がよかったから、家族ぐるみのつきあいのひとつ、ということで容認されたらしい」

自分自身、十歳くらいまではコレットのことを離れて暮らす姉か何かだと思っていた。

彼女の身分や立場を正確に把握したのは、騎士見習いの修行を始めてからだ。

「とはいえ、姉だからといってそれ以上何かを強要されたことはない。むしろ、弟だからと何かと面倒をみられることが多かった。王城に上がれば必ず菓子でもてなしてくれたし、並んで本を広げれば文字を読み聞かせてくれた。伸び悩んでいると聞けば、励ましてくれた」

成長が遅く、少年期までは細かった自分にとって、コレットの応援がどれだけ励みになったかしれない。

そこは感謝している。

「王家の中では末の娘のはずなんだが、なぜか俺のように自分より幼い者や、年若い者の世話を焼きたがるんだ」

「お優しい方なのですね」

「……そうなんだろうな」

俺はため息をついた。

弱者を労《いたわ》る。それは姫君として必要な気質のひとつなのだろう。

しかし、彼女の思う『弱者』は範囲が広すぎた。

「一度弟と認定したら最後、背が伸びようが、厚みが増えようが、同年代で一番強くなろうが、あくまで守るべきものとしか認識しないのはどうかと思う」

「オスカー様、もしかしてコレット様は……」

「嫁にいく直前でも、まだ俺の世話を焼こうとしてたんだよ、あの血のつながらない姉は！」

ちゃんとごはんを食べろとか、しっかり寝ろとか、そんな言葉をかけるのは、普通見送る側ではないのか。というか、これから花嫁になるというのに、他家の男を心配するんじゃない。

ちなみに俺の『お姉ちゃん』呼びが廃止されたのもつい最近だ。

赤の他人が姫君をいつまでも姉と呼ぶのはいかがなものかという話になり、俺の成人と同時にやっと名前呼びが許されたのだ。

その時のコレットの残念そうな顔は、今でもはっきり覚えている。

いいかげん気づけ。

俺はあんたの弟なんかじゃない。

成人した正式な騎士で、赤の他人だ。

俺が家族以外の存在に見られようと躍起《やっき》になっている間に、コレットは国王同士が決めた縁談をあっさり受け入れてしまった。

本気で完全に弟としか思われてなかったと知って、俺がどれだけ傷ついたと思ってるのだ。

婚約破棄されたと聞いて、俺がどれだけ後悔したと思っているのだ。

「しかし、敵地のただ中まで助けに来てくれた、と知れば認識も変わるのではないでしょうか」

「何が言いたい」

サイラスの言葉に含むものを感じて、俺は声を低くした。しかし歴戦の工作員は柔和な笑みを崩さない。

「レイナルド陛下は、コレット様を他国に嫁がせたことを後悔してらっしゃいます。今回の作戦が成功したとして、戻ってきた妹姫をまた別の国に出そうとは思わないでしょう。ご自分の目の届く、国内貴族と結婚させるに違いありません。国の盾となる騎士団長殿の御子息はもっとも有力な候補のひとつではないでしょうか」

「……っ」

「陛下が、今回の救出メンバーにあなたを選んだのは、その意味もあると思いますよ」

「だと、いいんだがな」

それもこれも、コレットを無事救出してからの話だ。

うまく発見し、うまく救出し、うまく連れて帰る。

すべてうまくいったあとに、訪れるかもしれない未来だ。

まずは彼女の身柄を確保しなくては。

「サイラス様、オスカー！」

偵察に出ていたオズワルドが戻ってきた。

経験豊富な騎士はなぜか小走りだ。その顔は真っ青だった。

何か起きたことを察知して、俺たちは同時に腰を浮かせる。

「どうした？」

「イースタンの王城で、火事が起きたそうです」

「なに……っ！」

コレットの捕まっている城で火事。

命にかかわる事件である。

「しかも、火が出ると同時に、人質と犯罪者のいっせい脱走が起きたそうで」

「……え？」

「半数ほどは捕らえられたそうですが、残りは逃走したようです」

「まさか……コレットは……」

「まだ逃げ続けています」

オズワルドは俺たちの前に紙を一枚、差し出した。

そこには名前と身体的特徴が羅列されている。

「イースタンが発行した手配書リストの写しです。先頭にコレット様の名前がありました」

「ストロベリーブロンドに緑の瞳、間違いなくコレットだな」

よほど彼女を逃したくないのだろう、手配書には高額の報奨金が提示されていた。

「まずいですね……」

サイラスが顔を曇らせる。

「どうした？ コレットがイースタンの手から逃れたのなら、よかったんじゃないのか」

「姫君の現在位置がわからなくなりました」

「あ……！」

「コレット様が王城に閉じ込められているのなら、いくらでもやりようはあったんです。情報を集めて城に忍び込み、幽閉場所から助け出せばいい」

「だが、コレットは逃げてしまった……」

今から王城に行ったところで無駄足である。

「コレット様は、追手をかわすために人目を避けて移動しているでしょう。イースタン兵も見つけられない相手を、土地勘のない私たちが発見するのは、至難の業です」

「……とにかくまずは情報を集めましょう」

オズワルドもサイラスも、難しい顔でため息をついた。

俺は手配書リストに目を落とす。

深窓の姫君だったコレットが、敵地から自力で脱出できるとは思えない。彼女に手を貸した者がこの中にいないだろうか。

コレットひとりを探すより、何人かにターゲットを広げたほうが、情報が集めやすいかもしれない。

上から順に名前と特徴を追っていた俺は、コレットのみっつ下に書かれた名前で目をとめた。

「ルカ・オーシャンティア？」

「オスカー様？　オーシャンティアの王子がどうかしましたか」

サイラスが不思議そうな顔になる。

「……赤毛に緑の瞳で、まだ十歳だそうだ」

「イースタンはそんな年端《としは》もいかない者まで、手配したんですか」

「その幼さがポイントだ。彼も一緒に探そう」

コレットは子どもを決して見捨てない。

痕跡（アクセル視点）

「アクセル様、こちらです！」

イースタンの王城のあちこちから火が出た大事件から三日後、俺は運命の女神の神殿にいた。王城の中に建てられたきらびやかな神殿ではない。王城の外、城下町の庶民に奉仕するために建てられたものだ。

火事の後始末も終わらないなか、わざわざここに足を運んだのには理由がある。

逃げた人質を探すため、城周辺を調査していた近衛から報告があったからだ。

『王家の回廊が使われた形跡がある』と。

わざわざ回廊と隠語で語られるこの通路は、いわゆる秘密の抜け道だ。王城に万が一のことがあった時、王族を逃がすために使われる。この通路の存在は回廊を使う王族本人と、彼らを守護する近衛のごく一部の者だけに知らされる。

火事のあと、回廊の確認に出た近衛が、異変を発見したのだという。

「これを見てください」

神殿の裏手に回ると、近衛は古びた井戸を示した。

もう何年も使っていないのか、井戸は苔むし、半分崩れかけている。

「ここが回廊の出口です」

王族として入口と出口の場所を把握していても、実際に使ったことはない。覗き込んでみると、鉄格子の蓋の奥に梯子が取り付けられているのが見えた。

「鉄格子の淵を見てください。まわりはコケや草が生え放題なのに、ここだけ途切れています。内側にも、最近ついたらしい傷がありました。誰かがここを開け閉めしたんです」

「……鍵はかかっているようだが？」

関係者以外開けられないようにするためだろう。蝶番《ちょうつがい》の反対側には、頑丈そうな鍵が隠れるようにして取り付けられていた。

「確かに今は閉じられています。しかし、金具の内側を見たところ、やはりこちらにも最近動かされた痕跡がありました」

「鍵も開け閉めされた、か。……鍵は厳重に保管されていたはずだよな」

「それなんですが、鍵の開け閉めというと、ひとつ心当たりがありませんか」

「何のことだ」

「人質と犯罪者の脱走です。鍵を厳重に管理していたにもかかわらず、塔も地下牢も、すべての錠前が開け放たれていました。仮に、鍵を自在に操る者がいたとするなら、ここの鍵だって開け閉めできたんじゃないでしょうか」

「鍵開けの魔法か」

そんな術、聞いたこともない。

もしあったとしたら、悪魔の仕業か神の奇跡だ。

「王子！　そこにおられますか!?」

井戸の向こうから、声が響いてきた。

中を覗くと、井戸の底に近衛のひとりが松明《たいまつ》を手にこちらを見上げている。王城からここまで回廊を通ってきた者だ。

「どうだった？」

「やはり、何者かがごく最近ここを通ったようです。床に足跡と、壁のコケに手をついたような跡が残っていました。足跡の重なり具合を考えると、おそらく人数はふたりですね」

「ご苦労、いったん上がってきてくれ」

他の近衛と協力して井戸の鉄格子をあけ、回廊と通ってきた近衛を井戸からひっぱり出す。出てきた近衛は、井戸を振り返って首をかしげた。

「まだ何か？」

「いえ……今報告した通路を通った痕跡なのですが、どれも妙に小さかったんですよね。靴はたぶんこれくらいで……手の位置も、これくらい」

近衛は自分の手のひらのサイズを示したあと、自分の腰程度の高さを示す。

「まるで女子どものようだな」

「逃げた人質の中には女性も何人か含まれていました。通ったのはそのうちの誰かではないでしょうか」

「……女か」

「まさか女性だけで、こんな暗い道を通ったとは思えないのですが」

女、と聞いてひとり思い浮かぶ者がいた。

元婚約者のコレット・サウスティだ。

火事が起きる直前、彼女だけがひとり先に監禁部屋から抜け出していたことが、確認されている。

人質の中で、火事が起きる前から行動できたのは彼女だけだ。

しかし。

深窓の姫君が城中の鍵をあけて、倉庫に火をつけて回った？

その上王家の回廊を使って脱出した？

大胆な行動が、小柄な少女の印象とかみあわない。

あのうすぼんやりとした、ひな鳥のような少女のどこに、そんな力があったというのか。

「そういえば、ここの神殿の神官はどうした？神殿側の出口の管理は彼らの担当だろう」

元の手はずでは、脱出してきた王族を神殿勤めの神官が保護することになっていた。

彼らなら、井戸から出てきた何者かを目撃しているかもしれない。

それを聞いて、近衛のひとりが首を振った。

「この神殿に、神官はいません」

「なに？　王家から重要な任を受けた者たちだぞ」

「彼らは女神の使徒でもありますからね。王子が異教の姫を娶《めと》ると聞き、神殿を放棄してしまったようです」

「チッ……」

思わず、舌打ちがついてでた。

異国と手を組むと聞いたとたん、これか。

今までさんざん王家の庇護下《ひごか》にあったくせに、民をおいて真っ先に逃亡するとは。

「しょせん、邪神の徒ですわ」

鈴を転がすような声が響いた。

振り向くと、黒髪の少女がこちらに歩いてくる。

「エメル」

「イースタン王家の回廊を使った不届き者、私が見つけてみせましょう」

少女は真っ赤な唇を吊り上げて笑った。

「何をするつもりだ？」

「アギトにはとっても便利な道具がありますの。スニフ、いらっしゃい」

エメルが声をかけると、神殿の建物の影からぬうっと人影がひとつあらわれた。

いや、人影のようなものがあらわれた。

「なんだ……これは？」

思わずそれを凝視してしまう。

体躯《たいく》は間違いなく人。

粗末な服を纏って、二本足で立っている。

しかしその頭には灰色の毛が生えた獣のような三角の耳があった。腰の後ろから毛の生えた長い紐をたらしている、と思ったらそれは不意に生き物のように波打った。尻の上から直接生えている、尻尾らしい。

人のようなモノは、首と手に鉄の枷《かせ》をはめられ、それぞれが鎖でつながれていた。

「北の霊峰に生息している、『獣人』ですわ。人に近い知能を持ちながら、耳と尾に獣の姿を色濃く残す、人間の近縁種になります」

「北にそんな生き物がいるという話は聞いていたが……まさか、本当に存在するとはな」

「彼らは丈夫で身体能力が高く、さらに、おもしろい特性を持っています」

「特性？」

エメルはにこりと笑うと、獣人の首と手を結ぶ鎖に手を伸ばす。

びくっ、と獣人が体をこわばらせた。

「スニフ」

「……ウゥ」

獣人はゆるゆると膝を折る。

「井戸を使った者の正体が知りたいの。この中に、あそこの井戸と同じにおいのする者はいるかしら？」

「……ウ」

スニフと呼ばれた獣人は、近衛のひとりに指を向けた。いきなり指さされた近衛はぎょっと顔をこわばらせる。

「そいつはいい。ついさっき井戸の中を調べていたやつだ」

「わかりました。スニフ、他には？」

ゆるゆると獣人は首を振る。

「いないのね。……じゃあ、コレと同じにおいはある？」

エメルは懐からハンカチを一枚取り出した。はっきりとした意匠《いしょう》を好むエメルの持ち物にはそぐわない、春の花を細かく刺繍《ししゅう》したかわいらしい品だ。

スニフはくんくん、とハンカチのにおいをかいだあと、今度は井戸を指さした。

「そう……井戸から」

「エメル？ そのハンカチは何なんだ」

「コレット姫の私物ですわ。塔に残されていたものを、持ってきていたのです」

持ち主の名前を聞いて、納得する。

やはりこの道を通ったのはあいつなのだ。

「獣人は人間が使うような技術に恵まれないかわり、生まれながらにユニークギフトと呼ばれるスキルを獲得します。このスニフのギフトは、『嗅覚』。ありとあらゆるにおいをかぎ分けます」

「獲物を追う猟犬のようなものか」

「人語を理解するぶん、犬より少し便利ですわね」

じゃら、とエメルは獣人の鎖をたぐりよせた。

「スニフ、そのにおいの人物は、井戸から出てどこに行ったの？」

「……ウゥ」

獣人はふらふらと歩き出した。井戸のまわりのにおいを入念にかいでいたかと思うと、すぐとなりに建てられた小屋へと向かう。

「ウゥ」

今度はカリカリと小屋のドアを爪でひっかき始めた。

「開けてやれ」

俺が指示すると、近衛のひとりがドアを開けた。

朽ちているとばかりに思っていた小屋の中は、きちんと整備されていた。傷んだ外観はカモフラージュだったらしい。おそらく、逃げてきた王族がいったん身を隠すための場所なのだろう。

床には女ものらしい小さな足跡が二種類と、ネコのような獣の足跡がいくつも残っていた。

「少しドロがついていています。火事のあった日は、夜中から雨が降っていたので、ここで雨宿りをしていたのでしょうね」

「小癪《こしゃく》な……！」

逃げ出しただけでも腹立たしいのに、わが国の王族のために用意された設備を利用するとは。厚かましいにもほどがある。

「他には、何かないの？」

エメルにたずねられて、獣人は首をかしげる。

しばらく小屋のまわりをうろうろと歩いたあと、茂みの奥の地面を掘り始める。

「今度は何だ」

手元をのぞき込んでみると、掘った土の間から黒い何かが出てきた。

焦げて縮れた、何かの繊維のようだ。

「動物の毛か？　なぜこんなところに埋まってるんだ」

「アクセル様、これは人間の髪の毛ではないでしょうか」

「髪⁉」

エメルの白い手が、焦げて灰になった髪を拾い上げる。

「コレット姫の最大の特徴は、あの派手なストロベリーブロンドですわ。捜索隊も、まず第一に長い金髪の少女を探していますわ」

実際、手配書にも豪華な金髪が特徴として記載されている。

「彼女は金髪が逃亡の邪魔になると思い、ここでばっさり切っていったのではないでしょうか。そして髪型を変えたことがバレないよう、残った髪を焼いて土に埋めた」

「は？　髪を……女が？　バカな、髪だぞ？」

思わず繰り返してしまう。

貴族の女が自ら髪を切るなど、ありえない。

しかし土から出てきた繊維《せんい》はどう見ても焼けた髪だ。

「道理で見つからないわけですわ。彼女はもう『金髪の少女』ではないのですから」

「だったらどうする。さすがに瞳の色は変えられないだろうが、緑の目の女など星の数ほどいるだろう」

「ご安心ください。見た目が変わっているのなら、それ以外の特徴で追えばいいのです」

エメルはほほ笑むと、ふたたび獣人を縛る鎖に手を伸ばした。

「スニフ、この髪の持ち主が次にどこに行ったか、案内しなさい」

しばらくあたりのにおいをかいでいた獣人は、神殿の外へ向かって歩き出す。

エメルは悠然とその後を歩き出した。

「コレット姫は私が追いますわ。アクセル様は、ご自分のお仕事に集中してくださいませ」

「……任せた」

俺はエメルと別れ、戦争の準備にとりかかった。

転生王女は国境を突破したい

三人と一柱

「おじさん、そのナッツも一緒にちょうだい！」

「そんなにかわいくお願いされちゃあしょうがねえなあ。お嬢ちゃん、ナッツとこっちの干しブドウも持ってけ」

「ありがとう、おじさん！」

にこっ、と笑ってルカは店主から商品を受け取った。今受け取った食料だけではない。彼の抱えるバッグには相場より二割程度安く買った物資がぎゅうぎゅうに詰まっている。

彼はこれらすべてを女装と笑顔と愛嬌だけで手に入れていた。

「要領いいとは思ってたけど、商売上手が過ぎない……？」

「手札が少ねえのは生まれた時だからな、これくらいやりくりできなきゃ、生き残れねえよ」

齢十歳で親から捨て駒にされた第三王子は、たくましい。

箱入り育ちの私には、とうてい真似できそうにない。

「コレットはそこまで深く考えなくていいんじゃん？　最強のお守がいるんだから」

「お守って」

それは誰のことを言っているのか。

問いただそうとした瞬間、ふっと体が後ろに引き寄せられた。

びっくりしている私の目の前にガラの悪そうな男の姿があらわれる。男は、私の後ろから伸びてきた大きな手に前を遮られていた。

「おう姉ちゃん、何しやがんだ？　あんたのせいで買ったものが……って、あれ？」

「え？」

ぱちぱちと男が目を瞬かせる。

男がぶつかってきた瞬間、私を抱き寄せてかばい、相手の体を片腕一本で支えたディーが相手を見下ろした。

「私の連れに、何か用ですか？」

冷ややかな声に、男がひるむ。

「何かって、あんたらがぶつかったせいで俺の商売道具がだなあ」

「商売道具？　ああ、この無駄に大きな体ですか」

ぽん、とディーの手が男の肩にのせられた。

とたんに男の顔から血の気が引いていく。

あれ？　なんか男の人の肩が変形してない？　ディーの手を中心にへこんでいってない？

「ひいいっ！　なななななな、なんでもありませんっ！　すいませんでしたっ‼」

男は必死にディーの手を振りほどくと、慌てて去っていった。私に潰された、と主張していた荷物は地面に取り残されたままだ。

「ふん……無礼者が」

男の後ろ姿を見送って、ディーが息を吐く。ルカも呆れ顔だ。

「コレットの後ろから、ディーがずっとついてきてたのに、気が付かねえもんかね？」

「御《ぎょ》しやすそうな獲物の姿しか見えてなかったのでしょう。視野の狭い愚か者は救いようがありませんね」

冷ややかな美貌の青年は、それ以上に冷酷な言葉を吐く。が、こちらに顔を向けると一転、心配げな表情になった。

「コレット様、申し訳ありません。私の注意が足りないばかりに、あのような輩の接近を許してしまうとは。次からは、もっと前の段階で排除しますね」

なんだかなあ。

イケメンに引き寄せられてかばわれるなんて、乙女があこがれるドキドキシチュエーションのはずなのに、ディーが不穏すぎて素直に喜べない。

「……やりすぎには注意してね？」

「節度はわきまえておりますよ、当然ではありませんか」

ディーはにっこりと美しく笑った。

何をどのへんまでわきまえるつもりだろう。

不安しか感じない。

と言いつつも、二人と一匹と一柱が、三人と一柱になってから、旅は順調だった。

猫を連れた姉妹と、男連れの姉妹では、世間の評価がまったく違う。

ここに来るまで、私や女装したルカによからぬ視線を送る男たちは何人もいたけど、そばにディーが立っているのを見ると、彼らはさっと姿を消した。

「ディー効果ってすげえな。トラブルが相手のほうから逃げていくんだから」

「単に男の人ってだけじゃなく、威圧感マックスのクールビューティーだからねえ……」

私がならず者だったら、絶対に嫌だ。

こんな怖そうな人に喧嘩を売りたくない。

私とディー以外視認できないのをいいことに、ファンタジー世界で浮きまくりなパーカーデニム姿で、女神がうんうん、と深くうなずいた。

「ディーを人間の姿に変える時に力を多く消費したので、心配していましたが、杞憂《きゆう》でしたね。人間のディーが同行した結果、トラブルが減少。奇跡の力を必要とする機会自体が減ったので、費用対効果としてはプラマイゼロどころか、おつりが来ますよ！」

「それはそう」

「うん？　女神は何だって？」

ルカが首をかしげる。四六時中一緒にいるせいで、私が何もないところに向かって返事をしている時は、だいたい女神と話しているとわかるようになってきたらしい。

「ディーを変身させたのは、結果的に力の節約になったね、って話だよ」

通訳すると、ルカもうなずく。

「それはわかる。つうか、その『奇跡の力』の使いどころが、けっこうわかってきたよな」

荷物を抱えて歩きながら、ルカは人差し指をたてた。

「まず、生きたものより、鉄とか石とかの無機物のほうが動かしやすいだろ」

「人間を気絶させたりするより、鍵開けのほうが得意だもんね」

私たちの言葉に、ディーがうなずく。

ルカはもうひとつ指を立てた。

「この鍵開けも、すぐそばの鍵よりは、遠くの鍵を開けるほうが難しい」

「その通りです。動作に必要とされる力は、距離と重さに比例します」

ディーの肯定を満足そうに受け取ると、ルカは三本目の指を立てた。

「それから、何もないところに、新しくモノを生み出すのは難しい。……が、すでにあるものに、機能を追加することはできる」

「私の虹瑪瑙のペンダントとかのことね」

私は首から下げているペンダントに手をあてた。数日前、ディーの姿を変えて暗い蒼になっていた虹瑪瑙は、淡い黄色へとまた変化していた。人質脱走騒動が、時間をかけてじわじわとイースタン国内に影響を及ぼしているらしい。

ルカはさらに四本目の指を立てた。

彼の手で折り曲げられているのは、もう親指だけだ。

「鍵を開けるとか、火をつけるとか、何か現象を起こす時には、そのつど力が消費される。でも、そのペンダントみたいにいったん変化した道具は、力を追加しなくてもずっと使い続けられる」

それを聞いて、はじめてディーが首をかしげた。

「機能維持に力は必要ありませんが、道具を動作させるにはそれなりのカロリーが必要になりますよ」

「うん？　かろ？　なんだよそれ」

「ここに、奇跡の力で『ツマミをひねれば、必ず明かりがつくカンテラ』を作ったとします」

懐中電灯みたいなものだろうか。

「ただカンテラを持っている分には力を消費しませんが、明かりをつけ続けるには、相応の燃料を必要とします」

「道具だけなら力はいらねーが、使うにはまた別の力が必要なのか。だとすると、コレットのペンダントはどういう理屈だ？」

　虹瑪瑙は状況が変わるたびに色を変えている。

　つど、奇跡の力が消費されているはずだ。

「虹瑪瑙のペンダントは、単に色が変わっているだけなので」

「力の消費量がすげー少ないから、影響がないってことか。じゃあ、ディー自身は？　その体も神様が作ったものなんだろ」

　ディーの体は常に呼吸していて温かく、必要に応じて腕や足を動かしている。最低限成人男性が一日に必要とするカロリーは消費されているはずだ。彼の維持にはどんな力が使われているのだろうか。

「私のエネルギー補給方法はあなたがたと同じ、経口摂取ですよ。従者の維持に力を消費し続けていては本末転倒ですので、カロリーも栄養素も外部から取り入れる仕組みを採用しています」

「そういえば、ディーも私たちと同じように食事してたね」

　食べ物を口にするのは、生き物として当たり前だから気にしてなかったけど。

　彼の食事にもちゃんと理由があったらしい。

「そこは読み違えてたか～！」

　ルカが悔しそうな顔になる。

　ディーは苦笑した。

「ですが、分析のほとんどは間違っていません。すばらしい洞察力だと思いますよ」

「ま、そういうことにしとくか」

　大人に素直に評価されたのがうれしかったのか、ルカはすぐに表情を変えてにやっと笑った。

「今の話に補足説明をするとすれば……私の体の特性と、女神の特性でしょうか」

ディーはつ、と眉間に指をあてる。

「私の体は、女神に殉じた神官の体でもあります。ですから、他の生き物に比べて、女神の力で形や能力を変化させやすいです」

「ユキヒョウから人間になったりとか？」

こくりとディーは首を縦に振る。

「あそこまで大きく変化するには、それなりの力が必要ですが。単に髪の色を変えたり、目の形を変えたりするくらいなら、簡単にできますよ」

「だったら、もしかして顔の形そのものを変えたりとか」

「可能ですね」

そこでふと、ディーは私の顔を覗き込んできた。

「……容姿の変更をご希望ですか？」

「イエ、ソノママガイイデス」

罪悪感はともかく、好みの顔なのは間違いないのだ。

いまさらこのクールビューティーが拝めなくなるのは嫌だ。

「最後の女神の特性ってのはなんだ？」

ルカに問いかけられて、ディーはそちらに視線を向けた。

よかった、イケメンに凝視され続けるのはちょっと心臓が持たない。

「あの方が縁をよりどころとする『運命の女神』だということです。奇跡の力を使えば、ある程度人の動向を知ることができます」

「悪い、ちょっと言ってる意味がわかんねえ」

ルカの早々のギブアップ宣言に、ディーは口元を緩《ゆる》めた。

「縁をたどることで、コレット様にかかわる人間の今がなんとなくわかる、という力です。たとえば、コレット様の兄君であるレイナルド陛下や、ジルベール殿下は、サウスティでお元気にされていますよ」

「よかった……！」

遠く離れた家族の安否《あんぴ》を知らされて、私はほっと息を吐いた。

不意に運命の女神があらぬ方向をじいっと見つめる。

「とはいえ、この能力はコレットさんを起点にしているので、ルカさんの母国であるオーシャンティアまでは見通せないんですよね」

「あ、そうなんだ」

「コレット？」

何もないところに向かって返事をする私を見て、ルカが首をかしげる。

「ルカの実家のことまではわからないって。ごめんね」

「気にすんな、あのクソ親父の動向なんか興味ねーから」

それはそれでどうかと思うけどさ！

「逆に、脱出劇で縁ができたので、イースタンの王城から逃げ出した方々の現在位置くらいなら、わかりますよ」

「城に残ったイーリスやテレサのことは？」

テレサは十年以上のつきあいだし、イーリスは脱出に協力してくれた恩人だ。ふたりとも私と縁が深いと言えるだろう。

「申し訳ありません……あちらは邪神の支配圏なので。今も生きてるってことくらいしか……」

しょんぼり……と女神はわかりやすく肩を落とした。

そういう危険な場所にいる人こそ、状況が知りたいのだけどなあ。

使い勝手があるのかないのか、微妙な能力だ。

「生死だけでも十分有益な情報です。うまく使っていきましょう」

フォローしてくれる従者、優しい。

「ま、ここにいないやつのことよりは、今の俺たちのことだよな」

「まだまだサウスティまでは遠いからね……」

イースタンの城下町からは脱出できたけど、母国に入るまでは、広い国土を横断していかなくちゃいけない。

「ここから西に向かって移動する隊商があると聞きました。馬車に乗せてもらえないか、交渉しましょう」

しかし、私たちはそこで、また別の問題に直面するのだった。

新婚夫婦と姉妹

「ウチの馬車に乗せてってほしい……それはいいんだけどよ。あんたらどういう関係？」

私たちを見た隊商のリーダーは、開口一番そうたずねてきた。

「えっ」

どう答えたらいいかわからず、一瞬言葉を失う。

ディーが見つけてきた隊商はイースタンの都と西の農村部を結ぶ商人の隊列だ。荷馬車に農村でとれた作物を満載して都に入り、それらを売りさばいたお金で布地や小物などを仕入れてまた農村に戻る。

かさばる農作物を降ろした帰り道は馬車の荷台があくので、お金を払えば都市の人間も乗せていってくれるって聞いたけど。

まさかここで、素性《すじよう》を気にされるとは思ってなかった。

「ええと……」

私は仲間の顔ぶれをちらりと見る。

ルカはいい。もともと髪の色をそろえて、姉妹を装ってたのだから。

女神のことも考えなくていい。どうせ私とディー以外には見えてない。

しかし、ディーのことはどう説明したらいいのやら。

銀の髪にアイスブルーの瞳のクールビューティーには、赤毛姉妹との共通項がない。家族と紹介するには無理がある。

護衛？　従者？

やや身なりがいいとはいえ、女子ふたりが大の男を従えるのも不自然だ。

若い姉妹に細マッチョイケメンがついて回ることの、妥当な理由って何ですか⁉

「もしかしてワケありか？　面倒ごとに巻き込まれるのは……」

リーダーが訝しむそぶりを見せた瞬間だった。

ルカが私の手を握って叫ぶ。

「お兄ちゃんはね、お姉ちゃんの旦那様なの！」

なんですと⁉

お兄ちゃんって、ディーのことだよね？

お姉ちゃんは、私のことのはず。

お兄ちゃんがお姉ちゃんの旦那になるということは、ディーが私の旦那になるということで。

旦那!?

旦那って何？

まさか夫婦的なアレ!?

混乱する私の横で、ルカはしょぼん、とわざとらしく顔を伏せる。

「もともと、お姉ちゃんだけがお兄ちゃんのところにお嫁に行く予定だったの……でも、結婚式の準備をしている間に、お父さんもお母さんも、流行り病で死んじゃって、私はひとりぼっちになっちゃったの」

きゅっ、とルカは私の手を握りしめる。

「そしたらね、お兄ちゃんが私もふたりと一緒に暮らせばいいって言ってくれたんだ！」

ルカの説明を聞いたリーダーは、うんうんとうなずいた。

「ああ、あんたらふたりは夫婦だったのか。嫁さんひとり迎えるだけでも大変だろうに。妹まで一緒とは、思い切ったね」

リーダーに視線を向けられたディーは、そっと私の肩を抱いた。

「妻の家族をひとりにするわけには、いきませんから」

「優しい旦那さんじゃないか。奥さん、いい男を捕まえたね」

「……は、はい」

さっきとは別の意味で何と言っていいかわからなくなった私は、ただただ首を縦に振る。

なんなの、この茶番劇は！

私とディーが夫婦とか、どんな顔したらいいんだよ！

ディーに抱き寄せられた肩が熱い。

というか全身熱い。

鏡がないから直接確認できないけど、私の顔は真っ赤に違いない。

「ありゃ、照れちゃった。初々《ういうい》しいねえ」

からからとリーダーは笑う。

不信感はなくなったみたいだけど、新たな誤解がいたたまれない。

「妻は恥ずかしがり屋なんです。あまり、からかわないであげてください」

ディーはディーで、柔らかな口調で変なフォローしているし。

穴があったら入りたい。

いっそ殺せ。

「せっかくだ、新婚夫婦のためにいい席を用意してやるよ」

「ありがとうございます」

ディーはなおも私の肩を抱いたまま、リーダーの案内について歩く。当然私も一緒だ。

ルカはにこにこ顔で、少しあとからついてくる。

ちらっと女神を見たら、なぜかドヤ顔でこちらにサムズアップしてきた。

新婚夫婦とその妹。

確かに一番自然な組み合わせだけど！

好みドストライクに顔がいいクールビューティー系イケメン従者と夫婦のふりをしろとか。

それはどんな拷問だよ！

過剰摂取

過ぎたるは及ばざるがごとし、ということわざがある。

いくら体にいいものでも、摂《と》り過ぎたら体に障って、摂取しないより悪いことになるという話だ。

体に必須とされる塩分も、摂り過ぎたら毒になる。

イケメン分も同じである。

どれだけ好みの顔でも。

どれだけ好みの声でも。

総合してどれだけ好みの美青年だったとしても、その栄養素を浴びるように摂取《せっしゅ》させられたら体に悪いと思う。

そう、今の私のように。

「……」

私は馬車の荷台に造られた座席に、ディーとふたり並んで座っていた。ただ並んだだけじゃない。ぴったりと寄り添ったディーの大きな手が私の腰を抱いている。この行為にやらしい意味はない。私が馬車から落ちないようにするためだ。

なにしろ、この世界にはシートベルトもエアバッグもない、安全設計という言葉すら存在しない。

小柄な私を座席の上に固定しようと思ったら、人の手で支えるしかないのはわかってるのだけど。

近い近い近い。

というかほぼゼロ距離である。

「コレット様、御気分は悪くありませんか？」

柔らかなディーの声が耳を打った。

「……っ、だ、だいじょう、ぶ」

だから近いってば。

耳元でささやくとか反則すぎだろう。

攻撃がヒットしすぎて、私のＨＰはとっくの昔にゼロである。

完全なイケメン分過剰摂取だ。

こんな時に限って、有能ムードメーカー、ルカ少年はそばにいない。隊商の他の馬車へと乗り込んでいっては、メンバーにあれこれ話しかけていた。彼なりに情報収集をしているのだと思う。

私も一緒に聞き込みをするべきだろうけど、ディーが離してくれないので身動きが取れなかった。

隊商のメンバーはそんな私たちを遠巻きにしている。

仲間はずれにされているわけではない。

私たちが新婚夫婦という設定をまるごと信じているだけだ。

これはあれだ。

若い二人でごゆっくりってやつだ。

深く追求されないかわりに、裏でどんな噂されてるかわからないやつだ。

ディーの過保護っぷりに不自然さがなくなるから好都合……ではなくて！

誰かああああ助けてえええええ！

従者がかっこよすぎて死にそうですぅぅぅ！

思わず叫びそうになった瞬間、ガタンと大きな音を立てて馬車が傾いた。

「ひゃっ」

座席から転がり落ちそうになった私の体をディーが抱きしめて支える。

危なかった。

考え事に集中して、完全に油断していた。

ディーがいなかったら、荷台から放り出されて大怪我していたところだ。

ぐぬう。

はからずも、ディーが私の腰を抱く行為の正当性を証明してしまったではないか。

「お怪我はありませんか?」

「あ……ありがとう」

キラキラ笑顔で別のダメージを受けたけど、口には出さないことにした。

顔がいいにもほどがある。

「よーし、今日はあそこで野営するぞー」

リーダーが声をかけると、隊商の馬車は順々にその足を止めた。乗っていたメンバーが降りてきて、テントの材料や食料を降ろし始める。

「あれ? もう竈《かまど》がある?」

彼らは馬車を降りたばかりだというのに、野営ポイントには石を積んで作った竈があり、まわりの草が刈られていた。つい昨日まで誰かが使っていたような雰囲気だ。

「ここは隊商が多く行きかう街道ですからね。休憩しやすい場所には、自然と共同の野営場のようなものができるようです」

「そうなんだ?」

現代日本の国道ぞいのドライブインとか、高速道路の休憩所みたいなものだろうか。

「人が一日に移動できる距離や、休憩場所として好む場所は一緒ですから」

馬車が完全に止まったのを確認してから、ディーは私の体から手を離して馬車を降りた。振り返って私に手を差し出す。

降車のエスコートまで完璧である。

「あんたたち、寝床は？」

私が馬車を降りたところで、リーダーが声をかけてきた。

「ウチのテントに入れてやることもできるが……」

「寝床は自分たちで用意しますので、お気遣いなく。妻と義妹の三人で休みます」

「わかった。新婚だし、あんたらは家族単位で行動したほうがいいだろう」

ディーの答えを予想していたのだろう、提案を断られたリーダーに気を悪くする様子はなかった。

「食事はどうする？うちの連中のメシでよければ、分けてやれるが」

「そうですね……」

ディーは思案顔になる。

旅に必要な食料はあらかじめ用意してある。だから、寝床と一緒で隊商に頼らなくても食事はできる。

しかし、野外では煮炊きできる場所が限られていた。私たち三人分とはいえ、別に火を焚いていたら煙そのほかが迷惑になるかもしれない。

考えていると、リーダーはからからと笑った。

「実をいうと、客がいるっていうんでうちの料理番が張り切ってるんだ。一緒に食ってかないか」

「そういうことなら……」

ディーがちらりと私を見る。私もこくんとうなずいた。

せっかくの厚意だ。ここは甘えておいたほうが面倒はないかもしれない。

「ちなみに、夕食のメニューは？」

ディーの問いに、リーダーはすぐそばに置かれた荷袋を指した。麻で作られた袋には何か穀物が入っているようで、ずっしりと重そうに見える。

「東で仕入れたコメを使った、羊肉の炊き込みご飯だ」

それを聞いた瞬間、ぞわっと背筋に悪寒が走った。

「……コメ？」

私は呆然とつぶやく。それを見たリーダーは苦笑した。

「奥さんはまだ見たことねえか。最近入ってきた穀物だよ。甘くてクセがないから、何にでもよくあう。今日は、大鍋で羊肉や野菜と一緒に炒めてから、スープを入れて蒸し煮にするんだってよ」

パエリアみたいな料理だろうか。

悪い調理法じゃない。

むしろおいしそうなメニューだ。

しかし、コメの入った布袋から強烈な違和感を覚える。

嫌だ。

怖い。

理屈抜きの不快感が喉の奥からせりあがってくる。

コメは日本人のソウルフードだ。

紫苑だったころは、毎日食べていた主食である。

嫌だと思ったことなんて、一度もなかったのに。

なぜ今ここで気持ち悪く感じてしまうのだろう。

自分の感情が理解できない。

パーカー姿の運命の女神を見ると、彼女もまた顔をこわばらせて布袋を見つめていた。

神とは不自然な現象をもたらす存在。

だとすればきっと、この違和感は女神由来のものなのだ。

「おい、どうした若奥さん」

私の顔色に気づいたリーダーが目を丸くした。ディーも心配そうに私の顔を覗き込んでいる。

まずい。

彼らとはまだしばらく旅をともにする予定だ。

ここで変に角を立てるわけにはいかない。

私は必死に首を振った。

「ご……ごめん、なさい。私……コメを受け付けない体質なんです」

「コメが？ 食えない？」

リーダーは不思議そうに首をかしげる。

「食べると……蕁麻疹《じんましん》が出たり、喉が腫れて、声が出なくなったりするんです。ご厚意はうれしいのですが……」

なんとか穏便《おんびん》にコメ料理を避けようと、私は必死にアレルギー説をでっちあげる。

この世界にアレルギーという言葉はまだないけど、一般的な食材が人によっては毒になる、という体質は昔からあったはず。

「カニとか魚とかで聞くような話かね。コメが食えないってのははじめて聞いたが」

「妻は少し珍しい体質をしているのです」

ぐ、とディーが私の腰を抱いた。

今にも倒れそうな体を支えるためだ。私はされるがまま、彼の腕に身を預ける。

「せっかくの料理を食ってもらえないのは残念だが、倒れられたんじゃ寝覚めが悪いな。わかった、食事も別にしよう」

「お気遣い、ありがとうございます」

ディーとふたりで頭を下げると、リーダーは去っていった。

私はディーの腕の中でほっと息を吐く。緊張しすぎたせいで、まだひとりで立っていられない。

「お姉ちゃん、どうしたの？」

私たちの様子がおかしいことに気が付いたのだろう。スカートをはいたルカ少年が私たちのところにやってきた。

「ちょっと、疲れちゃって」

コメの違和感について、彼に告げるべきだろうか？

ディーはもう私の異常に気づいていると思うけど、女神と直接関係のないルカに伝えるべきかどうか迷ってしまう。

「お腹すいたのなら、コレでも食べる？」

まわりに人の目が多いせいだろう。まだ少女の演技をしながら、ルカは小さな袋を私に差し出してきた。

「……！」

それを見て、私は思わずディーにしがみついてしまった。

ルカの持つ袋にも強烈な不快感があったからだ。

「それ……何？」

「乾燥させたダイズを炒ったものだって。ナッツ感覚でおやつになるから、って隊商の人たちにもらったの」

ダイズ。

たぶんこれの出どころもコメと同じ、東だ。

「……食べた？」

「ううん、まだ。はじめて見る食材だったから、お姉ちゃんたちに確認してから食べようと思って」

ナイス警戒心。

ルカの機転に感謝だ。

「ダイズのお菓子はちょっと……大事にとっておこうか？」

暗に『食べるな』と伝えると、ルカは神妙な顔で袋を荷物の中にしまい込んだ。

食卓に潜む悪意

「で？ 理由は教えてくれるんだろうな？」

隊商の一団から少し離れたところで、ルカがたずねてきた。

ディーは私を地面に座らせてから、荷物の中から大きな布地を引っ張り出し始めた。今日はここでテント泊だ。

てきぱきとテントを張るディーを見守る私の隣に、『妹』も並んで座る。

私は首を振った。

「自分でもうまく説明できない。なんか……見た瞬間、めちゃくちゃ気持ち悪く感じちゃって」

「気持ち悪い……？」

感覚が理解できなかったのだろう。

ルカはむっと眉間に皺をよせた。

「私の感覚がおかしいのはわかってる。ルカから見たら、ただの豆だもんね。でも……本当に嫌な気持ちになるのよ。絶対、食べちゃだめって感じるの」

「ふうん？」

ルカは自分の荷物からダイズの入った袋を引っ張り出した。とたんに、彼の手元から不快感が放たれる。

「変な感じはしねえけどな？」

ルカは本気で何も感じないらしい。

私はこんなに異常を感じ取っているのに。

「ルカ様、ダイズをコレット様に近づけないでください。それをあなたに贈った隊商の心象もありますから、今すぐに捨てろとは言いませんが、どこか人目のない場所で廃棄してください」

ディーがやや厳しめに指示する。

今までそんなに強く指導されたことがなかったからだろう。ルカはあわてて袋を荷物の奥に突っ込んだ。

違和感が遠ざかって、私はほっと息を吐いた。

「たぶん、違和感の原因は、邪神と女神に関することだと思う。そうだよね？」

私は、自分とディーにしか見えてない女神を振り返った。

パーカー姿の運命の女神は、自分の両腕を抱いて、ぶるっと身震いする。

「あれは、呪いです」

「呪い？」

「東から運ばれたという食材、特にコメとダイズに呪いがかけられていました。あれを食べると、徐々に思考力が奪われ、感受性が鈍くなっていくでしょう」

「呪いってどういうことだよ」

女神の言葉が届かないルカが、私の袖を軽く引っ張る。

「あれを食べると、考える力や感じる力が鈍くなるみたい」

「うぇ……？ なんでそんなものが」

「国を動かしやすくするためでしょう」

テントを張りながら、ディーが言葉だけで会話に参加する。

「イースタンは、これから周辺三国との戦争に突入します。何も考えず、何も感じず国の方針に従う国民ほど便利なものはありません」

国の大きな動きには、必ず反対派が生まれる。

国民全員が指導者に従うなら、これほど楽なことはないだろうけど。

「そっか……そういうことか」

困惑する私の横で、ルカが深くうなずいた。

「どうしたの？」

「隊商の連中だよ」

ルカは野営の準備をする隊商の一行を見る。

「アクセル王子は、すでにまわりの三国に対して宣戦布告している。もう戦争は始まってるんだ。それなのに誰も慌てる様子がない」

「あれ……？　言われてみれば、確かに」

彼らは無駄なく動いていてはいたが、その姿には余裕があった。そこに戦争中の国の民、という悲壮感はない。

「隊商だけじゃねえ。道を歩くやつら全員、のんきに、『アクセル王子なら大丈夫だろう』って言って、いつもの商売を続けてる。戦争だぜ？　攻め込まれて襲われるかもとか、土地が焼かれるかもとか、考えるもんじゃねえのかよ」

街道を行く人々の姿も、のんびりしたものだった。

ごくごく普通の田舎道と変わりがない。

そういえば、今まで通ってきた街も平和そのものではなかったか。

戦争のために兵士たちが出入りしているはずなのに。

この平和な光景を生み出しているのが、呪いだったとしたら。

「アギト国のコメとダイズの流通って……けっこうヤバくない？」

「洗脳効果のある食料は、戦争をしたいアクセル王子にとっては好都合でしょう。しかし国家単位で見れば危機的状況でしょうね」

ディーがこちらを向いた。テントを張り終わったらしい。

ルカは、小さく舌打ちする。

「ひとりの独裁者に、国全部が従わされてるってことだからな」

「アクセル以外のイースタン国首脳陣は何を考えてるんだろう？　国王陛下とか、普通は息子を止める立場だよね」

「そいつらも呪われたコメを食ってるんだろ。王子やエメルの持ち込んだ食料を食べるのは、まずまわりの人間だから」

「そういえば、イーリスは家臣の様子がおかしいって言ってたね。私の侍女だったテレサも洗脳されていたわけだし。ということはつまり、王城の人間を洗脳したのも……コメとダイズの呪い？」

ディーがうなずく。

「それらが原因と見て、間違いないでしょう」

「アクセルたちがおかしくなってる中で、イーリスだけ正気だった理由もわかるわね。彼女は、『コメの味が受け付けない』って言ってた。彼女は呪いの食べ物をほとんど口にしてないのよ」

「コレットの侍女はどうなんだ？　イースタンに来たばかりのはずなのに、アギトの姫に服従してたぜ」

「それはたぶん……侍女だからだと思う」

私はため息をついた。

「彼女は姫じゃない、使用人よ。立場上、まわりの侍女たちに食事を出されたら好き嫌いせずに食べなくちゃいけない。三食アギト国料理を食べさせられて、すっかり呪われちゃったのよ」

「なるほどな……」

私とルカが呪いの料理を食べなかったのは、また別の理由だ。アクセルたちは婚約破棄するまでは、アギト国とのつながりを隠していた。関係を気取られないよう、わざとアギト産の食材を出さなかったのだろう。

私たちは全員、苦い顔でため息をつく。

運命の女神は不安そうに東の空を見つめた。

そちらにはイースタン王城が、さらにその先にはアギト国がある。

「まさか、邪神にこんな奇跡が起こせるなんて」

「この事態は、女神にとっても予想外？」

「国ひとつに流通する穀物すべてに呪いをかけるなんて、途方もない奇跡ですよ。何をどうやって実現しているのか、想像もつきません」

神の想像力をも超えてくるとか邪神の国、やばい。

「呪いの食糧が邪神の奇跡だというなら、女神の奇跡で打ち消すことはできないの？」

女神は目を伏せて首を振った。

「理論上、解呪は可能です。しかし、国ひとつぶんとなると必要とされる力が……」

「いつもの、『奇跡の力が足りない』って話だね」

「イースタンに正気に戻られては困る邪神側も、全力で妨害してくるはずですし」

「ちなみに、今ある力で解呪できる量ってどれくらい？」

私は虹瑪瑙のペンダントを胸元から引っ張り出した。

石は淡い黄色だから、かなり力がたまっているはずだ。

ここまで乗せてきてくれたお礼に、隊商の食事くらいは浄化できないだろうか。

「コレット様の慈悲深さは愛すべき特性ですが、今はやめておきましょう」

「焼石に水かな、やっぱり」

彼らは私たちがイースタンを脱出したあともこの国で暮らす。一時呪いから解放されても、また呪われた食べ物を食べて、洗脳されてしまうだろう。

「それもありますが、奇跡の力に不審な点がありまして」

「女神の力なんて、もともと不自然なものなんじゃないの」

「力の源がこのポンコツ神なので、信頼性に欠けるのは致し方ありませんが」

「ふたりとも、その言い方はひどくないですか⁉」

運命の駄女神が頬を膨らませた。

しかしこれまでに積み上げた実績を思うと、残念ながら当然の判断と言わざるをえない。

「それでも奇跡の力の増減には一定の法則があるのです」

「その法則がおかしい……何かイースタン側で起こってる、ってこと？」

「おそらく」

ディーは私に目を向けた。たぶん、今見つめているのは、私自身じゃなくて首から下げている虹瑪瑙だろう。

「イースタン王城から脱出する際、私は大規模な火災を起こし、人質と犯罪者をいっせいに解放しました」

「子猫の姿が警戒されないからって、やりたい放題だったよね……」

「あれほどの被害です。周辺三国への侵攻計画に大きな狂いが生じたことでしょう。私が思った通りの影響が出ていたのであれば、虹瑪瑙の輝きはそんなものではすみません。もっと光り輝く金色か、それ以上の虹色に輝いていてもおかしくない」

ルカも不思議そうな顔で私の虹瑪瑙を見つめる。

「予想より、力がずっと少ないってことか」

私はぎゅっと虹瑪瑙を握りしめた。

「城から脱出して、隊商に乗せてもらって、ここまで旅は順調だと思ってたけど……実はそうじゃないかもしれない？」

「残念ながら……」

ディーは、つっと人差し指を眉間にあてた。

「女神のゲームは、ほとんどデバッグがされてないと言ったでしょう。実は城から脱出した先、イースタン国境到達後の未来まではシミュレートされていないんですよ」

つまり、この先のシナリオは誰も観測してないと。

でもディーたちを責める気にはならない。

「ヒロインの死亡フラグが多すぎて、城を脱出することすら至難の業だもんね」

ここまで来られたのは、ディーというチートガイドがいたからだ。

私ひとりでは、王城すら突破できなかっただろう。

「イースタンには、切り札が残されている可能性があります。力は温存することをおすすめします」

「わかった。大事にとっておくよ」

そして、ディーの予測は当たることになる。

あやふやな手がかり（オスカー視点）

「だから、知らねえって！　あんたもわかんねえやつだな！」

怒鳴る男の声に気づいて、俺は足を止めた。

見ると、屋台の店主が客に声をあげている。客は汚れた旅装で腰に剣をさげている。どうやら、流れの傭兵らしかった。

「あんたが探してるのは、赤毛の男の子だろう！　俺が見たのは赤毛の女の子だよ！」

赤毛、と聞いて思わず振り返る。

「オスカー？」

街中で商人に擬態しているサイラスが、主人然とした様子で俺を振り返る。俺も、護衛の下働きらしく、下出に答えた。

「あちらの屋台で、気になることがありまして」

「ふむ……？」

少し先を歩いていたオズワルドも立ち止まる。俺たちは、建物の陰に身を隠すと三人そろって屋台から聞こえてくる声に聞き耳をたてた。

「王城が出した手配書の件は知ってるさ。このあたりで、赤毛が珍しいのもな。だけど、性別が違うだろう。ルカ王子とやらは、男の子だったはずだ」

「……しかし」

「それに、女の子は家族と一緒だった。そっくり同じ、赤い髪の女とその旦那らしい男を連れてた。手配書の中身と全然違うだろ」

「チッ、無駄骨か」

傭兵らしい男は、つまらなさそうな顔で、屋台から離れていった。

「あ、おい！　ひとにものをたずねたんだったら、買い物ぐらいしていけ！」

店主は怒鳴るが、屋台を置いて男を追いかけるわけにもいかない。しぶしぶ、彼は店番の仕事に戻った。

サイラスは俺たちを連れて屋台の前に移動すると、ゆったりとした口調で店主に声をかけた。

「災難でしたね、おかしなお客さんに絡まれて」

「金も払わねえやつは、客じゃねえよ」

「ふふ、確かに。そちらの炊き込みご飯を十人分、包んでいただけますか」

サイラスが料理に目を向ける。

どうやらここは、店頭で総菜を作って客ごとに小分け販売する屋台のようだった。食事のメインはコメと野菜を大鍋で炊いた総菜飯。その脇で串焼き肉も焼いている。

注文を受けた店主は、木の皮で作った皿に野菜とコメを豪快に盛りつけていく。

「あいよ、ずいぶん景気がいいね」

「うちには育ちざかりがいますので」

そう言って、サイラスが俺を振り返る。店主は俺の大柄な体躯を見てにやっと笑った。

「こりゃあ、ずいぶん食べそうな兄ちゃんだ」

騎士としてそれなりに量は食べるほうだし、若いのも認めるが、育ち盛りとまで言われるほど幼いつもりはないのだが。

しかしこの場で反論するわけにはいかない。

店主は人の好さそうな笑みを浮かべながら、料理を包む。

「ウチの名物料理だ、たっぷり食べてくれ。赤毛の嬢ちゃんはあれるぎ？　がどうとか言って串焼きしか買ってかなかったが」

「さきほどの客にたずねられていた子ですね。お姉さんと一緒だったとか」

「ああ。ふたりとも燃えるような赤毛だったよ」

「姉妹してそんなに目立つ容姿をしていたら、手配書のことがなくても、誰かよからぬ者に目をつけられそうですな」

サイラスの言葉に、店主がくすくす笑う。

「あ～そりゃ大丈夫だろ。おっかねえ兄ちゃんが一緒だったから」

「おっかない？」

物騒な単語が出てきて、サイラスの顔が少し緊張する。

その姉妹は、危険な男と一緒だったのだろうか。

「見事な銀髪をした兄ちゃんだけど、キレイな顔をしてるのに、っつうかキレイな顔だからかよけいにこっちをにらむ顔が怖くてな。そんなのが後ろからぴったりついてきてたから、ほとんど誰も声をかけてなかったよ」

キレイだから怖い？

店主の言葉がよくわからない。

キレイなものを恐ろしく感じることなどあるのだろうか。

「あれはたぶん、女神の神殿の神官か何かだな。マントを羽織っちゃいたが、下に着てたローブは、神官たちがよく着てるやつだ」

「神官が、女連れで旅を？」

「最近よくあるんだよ、神官が家族ごと国外に逃げ出すって話が。アギトの神に改宗した王子が女神の神殿を潰すんじゃないかって疑ってるらしいが」

「……国外に？　女性や子どもを連れて、そんなに遠くまで行けるものなのでしょうか」

「西の農村部までなら、乗り合い馬車がいくつかあるからなあ。隊商の馬車に乗せてもらうって手もあるし。行けないこともないいんじゃないいか」

「そうなんですか……」

「はい、十人分包んだぜ」

考え込む様子のサイラスの前に、店主が料理の包みを置く。

主人役の代わりに、下働きの俺が包みを受け取った。サイラスは懐から金を出して、店主の差し出した手に落とす。金額は相場の五割増しだ。

「あ、おい」

「これは年寄りの世間話に付き合ってくださったお礼です。ありがとうございました」

釣りを出そうとした店主に笑いかけ、俺たちを連れたサイラスは屋台から離れた。

人混みから十分距離を取ってから、お互いに顔を見合わせる。

「さっきの話、どう思われました？」

「微妙なところですねえ」

俺たちはそろって首をかしげた。

「まず気になったのは赤毛の子ども、というところだが」

俺が言うとオズワルドが苦笑した。

「店主によると、子どもは男子ではなく、女子でしたね」

「しかし……」

サイラスがまだ首をかしげたままため息をつく。

「ルカ王子はまだ十歳です。地位にも財産にもよらず、ただ美貌だけでオーシャンティア王の寵愛を受けた側室の生んだ第三王子であれば、少女と見紛うような美少年である可能性があります」

「男子が女のフリをしている？」

「変装は逃亡の基本でしょう」

騎士家に育った俺には、まったく考えつかない手段だ。

「だとしたら、姉を名乗っていた女性がコレット姫様でしょうか？」

「しかし、彼女の髪はストロベリーブロンドだ」

多少赤みが勝ってはいるが、陽の光を受けて淡く薄紅に輝く髪を見て『赤毛』という者はいないだろう。それに、店主も「ふたりとも燃えるような赤毛」と言っていた。

「……染めて色を変えていたらどうです」

ぽつりとサイラスがつぶやく。

それこそ俺には想像の及ばない手段だ。

「コレットが……女が髪の色を、染める？」

あの見事な金をわざわざ別の色で汚すなど、ありえない。

「さきほども申し上げましたが、変装は逃亡の基本です。姫君の金の髪は特に目立ちますから」

「隠そうとして、別の色に染め変えたとしてもおかしくない……か」

「コレット様の髪は色が淡いぶん、他の色に染めやすい。赤ならなじみやすいのではないでしょうか」

「銀の髪の神官のことは、どう説明する？」

サイラスは懐から手配書を出した。

「逃亡中の人質の中に、ノーザンランドの要人が何人か含まれています」

「北方の民は、色の薄い者が多いからな。その中のひとりか？」

俺は今までの話を頭の中でつなぎ合わせる。

「総合すると……女装した赤毛のルカ王子と、髪を赤く染めたコレットが、神官を装った銀髪のノーザンランド人を連れて、国境を目指していることになるんだが」

「……」

サイラスとオズワルドは、返事をためらった。

その気持ちはわかる。

出来上がった絵が荒唐無稽《こうとうむけい》だったからだ。

「これは『ルカ王子が女装』し、『コレットが髪を染め』て、『銀髪の男を連れていた』場合にのみ成り立つ仮説だ。臆測《おくそく》が多すぎる」

「彼らをコレット様たちだ、と結論づけるのは危ういでしょうな」

商人の姿の老兵は首を振った。

御者役のオズワルドは軽く手をあげる。

「しかし、国外を目指す人々の流れを追うのは悪くない方針だと思います」

「なぜそう思う？」

「私たちと同様に、コレット様もこの国には土地勘がありません。探されているとわかっていても、街道から大きく外れるようなことはしないでしょう」

「知らない土地で道に迷ったら、それこそ身動きが取れなくなるからな」

「そこで、屋台の店主の言っていた移動方法です。人に紛れるために、乗り合い馬車や、隊商など、庶民の乗り物を利用している可能性は大いにある。私たちは国境に向かって移動し、すれ違う乗客を調べるのです。コレット様たちが変装をしていても関係ありません、幼馴染であるオスカー様なら、お互いに顔を見れば本人だとわかるのですから」

「当たってみる価値はある……か」

俺はうなずく。

「他に手がかりもない。とにかく行動しよう」

俺たちは街の出口へと足を向けた。

そこには、隊商を装うために用意した馬車が預けてある。長距離を移動するなら、やはり自分たちにも馬車が必要だ。

「この料理はどうする？」

俺は聞き込みのために買った炊き込みご飯を抱えなおした。十人分とあって、けっこうな量だ。今日の昼飯にするとしても、食べきれるだろうか。

「そうですね。貧民エリアの適当な子供にでもあげてしまいましょう」

サイラスはきっぱりと廃棄を宣言する。

「自分たちで食わないのか？　なぜ」

「その料理の主な材料は、東方から最近入ってきたというコメです。オスカー様はもちろん、私も食べたことがありません。異国の地で食べなれないものを食べて、腹を壊しては行動に支障が出ます」

「わかった」

少しもったいない気もするが、仕方ない。

俺は屋台の店主に心の中だけで謝罪した。

「念のために、口にいれるのは材料のわかるものだけにしてください」

「そうだな……」

話しながら大通りを急いで歩いていると、ざわ、と急に街が騒がしくなった。

「うん？」

何事かと足を止めて振り向く。

通りを行く人々はある一点を見て、口々に何かを囁《ささや》いていた。

彼らの話題のもとが何なのかは、すぐにわかった。彼らの視線の先から女がひとりあらわれたからだ。

大きな黒い馬に乗った、黒髪の女だ。

一目で異国の民とわかる象牙の肌に黒い瞳。鮮やかな赤い花が刺繍された上着を羽織っている。彼女はスカートのかわりにゆったりとしたズボンをはいて、男のように堂々と馬にまたがっていた。

「エメル様だわ」

「やはりお美しいわね」

彼女を見た女たちが、うっとりと囁く。

その名前には聞き覚えがあった。

恥知らずにもコレットとの婚約破棄を宣言してきたアクセル王子が、花嫁として迎えようとしている女だ。

これが。

コレットから婚約者を奪った女。

「スニフ、ネイル、ついてきなさい」

エメルは後方に声をかけた。

従者らしい人物がふたり、それぞれ馬に乗って女に付き従う。

彼らはどちらも頭からすっぽりフードをかぶっていて、顔はおろか、男か女かもわからなかった。フードの人物のひとりの腰から灰色の毛の生えたベルトのようなものがはみ出している。妙なアクセサリーだ。

「オスカー様」

ぽん、とサイラスが俺の肩に手を置いた。

「お気持ちはわかりますが、今は……」

「わかっている。復讐よりもまず、先にやることがある」

俺たちはコレットの姿を求めて、また移動を始めた。

追手

「けっこう遠くまで来たね〜」

山道を歩きながら、私は大きく伸びをした。

「結局、隊商ルートの終点まで乗せてってもらえたからな」

隣を歩くルカも、のんびりとあくびする。そこに今まで装っていた少女っぽさはない。

ここには私とディー以外の同行者がいないからだ。

「馬車が利用できたおかげで、思ったより早く移動できました。その先の峠を越えたらサウスティとイースタンの国境は目と鼻の先ですよ」

「やった！」

私とルカは笑顔でハイタッチしあう。

一時はどうなることかと思った逃亡劇だけど、なんとかゴールにたどりつけそうだ。

「この道を左です」

はじめて通る場所のはずなのに、ディーは迷いなく道を選ぶ。私たちは、素直にその後に従った。

「移動が順調なのは、ディーのおかげもあるよな。大陸の地図が全部頭に入ってるんだろ？」

「ゲームの舞台となる土地は、すべてスキャン済みですから！」

ルカには聞こえてないとわかっていて、運命の女神がドヤ顔で胸をそらす。

それを見てディーが肩をすくめた。

「地図自体は正確ですが、あまり過信はしないでください。この世界には地図と現在位置を結び付けるシステムが存在しませんから」

「どういうこと？」

急によくわからない話を始めたディーに、私とルカ、さらに女神も一緒になって首をかしげる。ゲームのナビ機能って、現在地表示とセットだよね？

「あなたがスマホの地図アプリを使っていた時は、かならず現在位置がポイントされていたと思います。しかし、この世界の私の手元には地図情報はあっても位置情報はありません。山の位置や移動距離から、今現在自分が地図上のどこにいるのか特定しているのです」

「GPSとかないんだ？」

「あれは、複数の人工衛星が発する信号を受けて、現在位置を計算するシステムですからね。この世界のどこにそんなものがあるんですか」

「ソウデスネー」

言われてみれば当然の話だった。

天動説どころか、地球は平らな板状だとか言ってそうなファンタジー世界である。

宇宙開発なんかしているわけがない。

いくら万能執事キャラでも、今のディーには地図と現在の風景を照らし合わせることでしか、現在位置を特定できないのだ。いやそれだって十分すごいけど。

「またよくわかんねえ言葉で会話してんなあ。で、結局何に気を付ければいいんだよ」

「私は地図は持っていても、土地勘自体はありません。森の中で一度自分の位置を見失ったら、道がわからなくなります」

「迷子に注意ってことでいいか？」

「そんなところですね」

「こんな人気のない山道で、はぐれるも何もない気がするけどねえ」

「……そうでもないようですよ」

不意に女神の声が低くなった。

異常事態を察して、私とディーが身構える。それを見て、ルカも体をこわばらせた。

「やっと、見つけた」

私たちの誰とも違う声が山道に響いた。

警戒する私たちの前に、茂みの中から少女がひとり姿をあらわす。

黒髪に黒い瞳。

きめの細かい象牙の肌。

見覚えがあるどころじゃない。彼女の姿は目に焼き付いて忘れようがなかった。

アギトの姫、エメルだ。

「髪を切っただろうとは思ってたけど、色まで染めてたのね。その上、オーシャンティアの王子まで連れて……道理でなかなか見つからないわけだわ」

エメルはいまいましそうな目で私をにらむ。

ディーが私たちをかばうようにして、前に立った。

「どうして、私たちのことが」

彼女にとって、私の赤毛は予想外だったようだ。

変装後の姿がわかっていないのに、どうやって居場所を突き止めたのだろう。

「私には鼻のいいペットがいるの。ねえ、スニフ」

ぬう、と茂みの奥からさらにもうひとり、人影があらわれた。

その異様な姿に私もルカも息を呑んでしまう。

ぼろぼろの服を着た体は人間と同じ。しかし、彼の灰色の頭の上にはネコのような三角の耳がついていた。腰の後ろでも同じ灰色の毛の生えたしっぽがゆれている。

「獣人……そういうことですか」

ディーがスニフと呼ばれた灰色のネコミミ青年をにらむ。

「北の霊峰には、濃い魔力の影響で獣のような姿と特殊なスキルを身に着けた、『獣人』と呼ばれる種族がいます。そのうちのひとりを捕らえて、隷属《れいぞく》させているのでしょう」

スニフの首と両手は鉄の鎖でつながれていた。

真っ当な部下じゃないのは、明らかだ。

「獣を捕らえて使役《しえき》する。狩りをたしなむ部族なら、誰でもやっていることだわ」

「彼らは耳としっぽがあるだけの、ただの人です。決して獣などではありません」

ディーが静かに告げる。

女神とつながっているディーは、この世界の真実にも通じている。

彼が獣人を人だと言うのなら、本当に人なのだろう。

だとしたら、この仕打ちはあまりにむごい。

「だから何？　ここで死ぬあなたたちには、関係ないことでしょう」

エメルはにい、と真っ赤な唇を吊り上げる。

「スニフ、殺しなさい！　全員！」

「ウゥ‼」

エメルの鋭い声に反応して、灰色の獣が駆け出した。鋭い爪の生えた手をディーに向かって振り下ろす。

ディーは荷物を盾にして、その一撃を受け止めた。

「ディー！」

「走って！」

ディーの声に余裕はない。

街でごろつきに絡まれた時と大違いだ。

それだけ手ごわい相手なのだろう。

彼の邪魔にならないよう、私とルカはエメルたちとは反対の方向へと、道を駆け出した。

ふもとまで降りれば、村がある。

そこまで行けば助けを呼べるだろうか？

しかし相手はイースタン王子の婚約者だ。逆に村人が敵に回ってしまうかもしれない。

どこへ逃げるのが正解なのか、判断がつかなかった。

それでも、足を止めるわけにいかない。

とにかく彼らから少しでも距離を……。

「危ない！」

女神の叫び声で、はっと我にかえった。

私はその言葉に突き動かされるようにして、前を走るルカに飛びついた。

「うわっ！」

私はルカを抱きしめたまま地面に転がる。

そのすぐ上を、鋭い何かが薙《な》いでいった。

「は……？」

あわてて顔をあげる。

そこには黒い人影があった。

黒い毛並みの人物の頭にも、灰色の獣人と同じ三角の耳がある。腰の後ろでは、黒いしっぽがゆらめいていた。

獣人は、ふたりいた。

「ネイル、引き裂いて！」

エメルが叫ぶ。

彼女があらわれた時に違和感に気づくべきだった。

進行方向であらかじめ待ち伏せできる敵が、後方に逃げ道を残しておいてくれるわけがない。

エメルはあえて前方に姿をあらわして注意を引き、反対側に伏兵を配置していたのだ。

「コレット様！」

灰色の獣人に組み付かれながら、ディーが叫ぶ。

私とルカはふたり転がるようにしてその場から飛びのく。黒い獣人の手は届いてないはずなのに、なぜかさっきまでいた場所の地面がえぐれた。

お互い必死に立ち上がる。

「ガァッ！」

黒い獣人が私に向かって腕を振りかぶった。

まずい。

やられる。

そう思っていても、これ以上体が動かない。

「その人に、触れるなっ‼」

唐突に灰色の塊が黒い獣人をなぎ倒した。

その向こうからディーが走ってくる。

どうやら、ディーが自分に組み付いていた灰色の獣人をこっちにブン投げてきたらしい。ふたりの獣人が体を起こしている間に、ディーは私とルカを両脇に抱えた。

ものすごい速さで道をそれ、森の中へと分け入っていく。

「ディー！ 道から外れたらマズいんじゃないの⁉」

「あいつらの相手をするほうがマズいです！」

今はとにかく避難が先、ということらしい。

しかし、後ろからはざざざ、と草をかき分ける音が追ってきている。

獣人たちの追跡は続いているのだろう。

「こういう時こそ奇跡の力じゃねえの!?」

「直接邪神に支配されている人間を操るのは、難しいですー‼」

ルカの問いに女神が叫び声で答える。

直接聞こえなくても、なんとなく状況はわかったのか、ルカはそれっきり黙った。

「私ひとりで、獣人ふたりは手にあまります。メイ、検索！」

「え? あ? えええと……むむむむむ……」

運命の女神は私たちと並んで浮かびながら、こめかみに指をあてた。

何を検索しているのか。

問いただしたいけど、そんな余裕はない。

「あっち！」

急にぱっと顔をあげた女神は、山道の一点を指さした。

ディーはぐん、と体を傾けると女神の示した方角へと進む道を変える。

「な、な、なに……!?」

「黙って。舌を噛みますよ」

ディーはとても人間ふたりを抱えているとは思えない速さで森を抜ける。しかし、どれだけ人間離れした身体能力があっても、同じ人間離れした身体能力の獣人相手には、分が悪かったらしい。

後ろから追ってくる彼らの足音が、少しずつ近づいてくる。

「あと少し！」

女神が叫んだその時だった。

「ガアッ！」

がくん、とディーの体が前のめりに傾いた。私とルカの体が地面に放り出される。

地面に激突する直前、なんとか頭だけはかばってその場に転がる。

顔を上げた私の目に飛び込んできたのは、背中を切り裂かれて血を流すディーの姿だった。

「ディー!!」

「走って！」

なおも襲いかかってくる黒い獣人の腕を、ディーが掴んだ。そのまま、もう一人の灰色の獣人の行く手を遮るようにして、体ごとぶつかる。

「でも」

とても彼の指示に従えそうになかった。

だって、状況が悪すぎる。

ディーひとりに対して、狂暴な獣人がふたり。

しかもディーは背中に怪我をしている。

私が走ったところでどうなるだろう。

この場から逃げたあと、ディーはどうなるの。

「私のことはいいから、走ってください！」

「でも、ディーが……！」

「だからこそ行って、味方を連れてきてください。あなたのためにも、ルカのためにも！」

「……っ」

私はルカを振り返った。

そうだ、私には守らなくちゃいけない子がいたのだった。

私より小さくて脆い、幼い子ども。

「あなたはお姉ちゃんなんでしょう！」

「わ、わかった……！」

「おいっ！」

私はルカの手を取って走り出した。

女神が指す方向は、私とディーしかわからない。

ルカを助けるなら私も一緒に走らなくちゃいけないのだ。

「その茂みを抜けてください！」

ひたすら女神の声に従って走る。

草をかき分けて出た先にあったのは、いつか自分たちも利用したような、共同の野営地だった。簡素な荷馬車が一台停められ、その近くで数人の男性がテントを張っている。

「おい、どうした！」

異変に気づいた男性のひとりがこっちに向かって走ってきた。

その姿を見て、思わず涙が出そうになる。

だって彼は見覚えのある青年だったから。

少しクセのある黒髪に、きつめの琥珀の瞳。粗末な服を着ているけど、その体は鍛えられた騎士だってことを知っている。

「オスカー！」

私は幼馴染の名前を呼んだ。

「コレット？　え、髪、赤……!?」

私の姿を見て、オスカーは目を白黒させる。

そういえば、目立つストロベリーブロンドはばっさり切って赤く染めてしまったのだった。あっちを見慣れていた幼馴染としては、そりゃあびっくりするよね。

でも、今はそんなことに構ってられない。

「オスカー、助けて！　追われてるの」

「なにっ……」

びっくり顔から一転、オスカーの顔が騎士のそれに切り替わる。

騒ぎに気づいて、他の男たちもオスカーのところに集まってきた。

「オスカー様！」

「コレットを見つけた！　一緒にいるのは、おそらくルカ王子だ」

「コレット様!?」

オスカーの仲間らしい男はふたり。年かさの商人と御者、という雰囲気だけどふたりともたぶん騎士の変装だ。異変を感じてすぐに武器を手に取っている。

「まずはあなたの身の安全を……」

「そんなことより、一緒に来て！　仲間が襲われてるの！」

「仲間？」

手を引かれて、オスカーが私の出てきた茂みを見る。

その瞬間、茂みの上から何かが飛んできた。

太い棒状の物体は、どさりと重い音をたてて地面に転がる。

「……腕？」

棒のように見えたソレには、手がついていた。

見慣れたデザインの袖も。

袖は断面から流れる血で真っ赤に染まっていた。

「ディー‼」

思わず悲鳴を上げる私の前に、ディー本人の体が転がり出てくる。腕どころじゃない、彼の体は傷だらけで、血まみれだった。

「おい、生きてるか⁉」

ディーの姿を見て、オスカーが駆け出す。

助け起こそうと近づいた瞬間、ディーが叫んだ。

「止まれ！」

反射的に、オスカーが足を止める。

次の瞬間、彼の目と鼻の先を見えない何かが薙ぎ払っていった。

呆然とする私たちの前に、灰色と黒の毛並みの獣人たちがあらわれる。

「黒いほうに気をつけろ！　爪から見えない刃《やいば》を放ってくる」

「わかった！」

オスカーは慎重に獣人たちとの間に距離をとる。

「サイラスはコレットたちの保護！　オズワルドは援護だ」

「はっ！」

商人の姿をした騎士が私たちふたりを守るように立ち、御者の姿をした騎士が剣を抜いて、オスカーの元に走っていく。

突然の二対二に、一瞬獣人たちが戸惑う。

その隙にオスカーが駆け出した。黒い獣人に向かって鋭く切り込んでいく。

灰色の獣人もオスカーに向かっていこうとしたけど、御者の騎士、オズワルドが間に割って入った。

仲間の援護のない黒い獣人は腕を切り裂かれ、甲高い悲鳴をあげる。

「殺すな。そいつらは因果が濃い」

いつの間に体を起こしたのか。

立ち上がったディーがオスカーたちに警告を与える。

「無茶を言うな！」

「私も援護する」

「そんな体でどうやって……」

オスカーが困惑している間に、ディーは駆け出していた。オズワルドと対峙《たいじ》している灰色の獣人へと肉薄する。

「お前は、鼻が武器だったな」

「ウゥ？」

灰色の獣人の鼻先で、ディーは切断されたほうの腕を振る。ぱっと飛び散った血が、獣人の顔を赤く染めた。

「ウガァッ！」

感覚の鋭い鼻に、突然血を浴びせられて獣人がひるむ。

その隙にディーは獣人の体に蹴りを叩き込んだ。どれだけの力をこめたのか、獣人の体は野営地の端まで吹っ飛ばされて、動かなくなった。

「ガァッ！」

仲間が倒されて、黒い獣人の意識がディーに向けられる。

しかし、オスカーは他に気を取られながら戦えるような相手じゃない。

注意がそれた瞬間、すかさず黒い獣人の懐に飛び込むと、剣の束《つか》をみぞおちに突きこんだ。

「グッ……」

獣人は白目をむいてその場に崩れ落ちた。

しん、と野営地が静まり返る。

「他に伏兵は？」

オスカーは私たちが出てきた茂みに向かって、まだ剣を構えている。

「いない。こいつらの主人は女だ。まだ、森の向こうで部下の帰りを待っているだろう」

「そうか……」

ディーの説明を聞いて、オスカーがようやく剣を降ろした。

同時に、ディーが膝を折った。力なくその場に倒れこむ。

「ディー！」

私はたまらずディーに駆け寄った。

倒れたままのディーのアイスブルーの瞳が私を見る。

「コレット様、お怪我はありませんか？」

「ないよ！　それより、ディーが……ディーが……」

爪で攻撃する獣人に切り裂かれたんだろう。

片腕を失ったディーは血まみれだった。

素人の私にも命にかかわる大怪我だとわかる。

どうしよう。

私を守ったばっかりに、ディーが。

優しい私の従者が死んでしまう。

突然目の前に突き付けられた死に、理解がおいつかなかった。

嫌だ、こんなところで、彼を失いたくない。

体を這い登ってくる恐怖に、全身が粟立《あわだ》った。

ディーは私を見上げて口元を緩める。

「泣かないでください。私はあなたの従者です。あなたが無事ならそれでいい」

「よ……よくないよ……！　私が助かったとしても、ディーが……ディーが死んじゃうなんて……そんなの元も子もないじゃない」

仲間が死んで、自分だけが助かって。

それでああよかった、って言えるわけがない。

こんな失い方をしてこの先まともに笑える気がしなかった。

「……あなたがそれを言いますか」

「え？」

「大丈夫ですよ」

唐突にディーが体を起こした。

あまりの勢いのよさに面喰う。

「ちょ……横になってないと、よけいに傷が！」

「もうふさがってますよ」

ディーはぴら、と裂かれた服をめくってみせた。服に残る血の痕は生々しいけど、その下の素肌に傷はない。

「え……えええええ？」

さっきとはまた別の意味で頭が真っ白になる。

「体の形を変えるのは得意だと言ったでしょう。形態変化の応用で、傷口をふさぎました。ちぎれた腕も、くっつけておけば治りますよ」

「えええええええ……」

「私を何だと思っているんです。あなたに永遠の忠誠を誓った、あなたの従者ですよ。女神の力にかけて、あなたを置いて死んだりはしません」

ディーが死なないのはうれしいけど！

私の涙を返して！

「どうなってんだ、いったい……」

私たちを見てオスカーが呆然とつぶやいた。

その気持ちはわかる。

「説明はあとで。まずはここから離れましょう」

ディーが立ち上がった。そばに座り込んでいた私に無事なほうの手を差し出して、立たせてくれる。

「まだ彼らの主人であるエメルが残っています。部下が戻ってこないことに気づけば、すぐに追ってくるでしょう」

「そうだな……」

私たちは大急ぎで馬車に乗り込んだ。

事情説明

「ええと……つまりどういうことだ。コレットが聖女で、ディートリヒが女神の遣わした従者で……ルカ王子が？」

「俺はなりゆきでついてきただけの、一般人だぞ」

「えええええ……」

オズワルドが操る馬車の荷台で、私たちの話を聞いていたオスカーが頭を抱えた。

一緒に聞いていた老騎士、サイラスもしきりに首をひねっている。

「にわかには信じがたい話ですが……否定などできそうにありませんね」

「実際に目の前で奇跡が起きるのを見てしまってはな」

彼らの視線が集まるのは、ディーの腕だ。

私に説明した通り、ディーの体にちぎれた腕をくっつけていたら、元通りにつながってしまったのだ。

ひら、とディーがくっついた方の手を振る。

「私は人間ではありませんので、この程度なら修復可能です」

「怪我が治ったのは見ればわかるけど、まだ顔色が悪くない？　内臓とか、表に出ないところで問題が起きてたりしないよね」

ディーの顔はいつも以上に青白い。

指摘すると、人外従者は肩をすくめた。

「実は、軽い貧血状態です。形態変化で傷はふさがっても、失った血は戻りませんので」

「だめじゃん」

「なので、血の材料になるもの……水と、肉を使った食料を分けていただけませんか」

ディーがオスカーたちに目を向ける。

オスカーはすぐそばの荷物から水筒を引っ張り出して、ディーに渡した。

「まずはこれを飲め。食料は……」

「こちらの燻製肉とパンをどうぞ」

サイラスが別の荷物から食料を取り出す。ディーはそれらを受け取ると、手早く口に入れ始めた。

「あとは、着替えだな」

「血まみれだったもんね……」

女神の力で変えやすいのは、ディーの体だけだ。傷がふさがった今も、着ていた服はずたぼろのままである。血が染みこんでいるのもあり、ディーの格好は異様だ。

着替えを出そうにも、大きな荷物は逃げる時に全部街道に置いてきてしまった。

「俺の服でいいか?」

「助かります」

オスカーがまた自分の荷物に手を突っ込む。

出された食事を平らげて、ディーはオスカーから渡された服に着替えた。シンプルなチュニックとズボンをゆったりと身に着ける。

「あれ？　ちょっと服が大きい？」

オスカーもディーも身長は同じくらいに見えるのに、オスカーの服を着るディーには、ずいぶんと余裕があるようだった。

「身長の違いというよりは、厚みの違いですね」

言われてみれば、すらりとしたディーに比べてオスカーは胸板や腕回りが太い。太ももぎっちり筋肉が詰まっている。彼の服がディーにとって大きかったのは、ある意味当然のことだったらしい。

「……もう少し、厚みがあるほうがいいですか？」

「いい。そのままでいいから」

軽く首をかしげて、たずねてきた従者を止める。

ディーが私の性癖に合わせて見た目を変えているなんてこと、幼馴染にだってしられたくない。

「女神が遣わした存在とはいえ、たったひとりの従者を頼りに姫君と王子が敵国の中を逃げ回るとは。俺たちが偶然近くで野営していたからよかったものの、すれちがっていたらと思うと、恐ろしいな」

私たちを見てオスカーがつぶやく。

ルカが思わず笑いだした。

「いや絶対それ、偶然なんかじゃないだろ」

「その通り！　コレットさんがオスカーさんに出会えたのは、私の力なのです！」

見えてないルカの前で、運命の女神がドヤ顔で胸をそらした。

「運命の女神は、私に縁のある人間の動向を知ることができるわ。その力を使って、オスカーのいる場所を見つけ出したんじゃないかな」

獣人から逃げる時に、ディーは女神に『検索』と指示を出していた。

あれは、『味方の場所を検索しろ』という意味だったのだろう。

推測通り、ディーがうなずく。

「レイナルド陛下が、コレット様の救出部隊を派遣した、というところまでは私も知っていたので。近くにいるかどうかは、賭けでしたが」

「……運命の女神はどこまで奇跡が起こせるんだ？」

狙って野営地にあらわれた、と聞いてオスカーは琥珀の瞳を瞬《また》かせる。

「そのあたりの条件は、もっと落ち着いてから説明するよ」

ルカと一緒に一度整理したけど、私も細かいところまで理解できていない。すべてを語ろうとしたら、かなり時間がかかるだろう。

「まずは目の前の問題だな」

ルカが荷台の後方を見た。

そこには、縄で拘束された灰色の獣人と、黒の獣人が転がっている。

ディーたちに手ひどくやられた獣人ふたりは、まだ気絶したままだ。

「こいつら、どうする？」

「ディーが『殺すな』って言ってたから連れてきちまったけど、正直お荷物だろ」

「簡単に開放するわけにもいかないしね」

エメルは私たちの追跡に灰色の獣人を利用したと言っていた。

鼻が利くとも言っていたから、きっとにおいで私たちの行方を追っていたのだろう。

彼をエメルのもとに戻したら、またすぐに見つけ出されてしまう。

「あの場で殺したほうが、あと腐れはなかったんだがな」

オスカーが冷静に意見を口にする。

現役騎士の思考は物騒《ぶっそう》だ。

妥当な判断だと思うけど！

「彼らはゲーム内ではネームドキャラだったんですよ」

ディーがぽつりと言った。

「ルート全部を検証したわけではありませんが、聖女の配下に降る可能性がありました」

「だから殺すなって言ったのね」

「ゲーム？　コレット、お前たちは何を言ってるんだ」

「女神の天啓よ。ふたりを救える可能性があるみたい」

ゲームとかシミュレーションとかの話を、ファンタジー世界生まれのオスカーに言っても通じない。

私はそれっぽい言葉で軽く説明してから、女神を見た。

「邪神に直接操られている人は干渉しにくいって言ってたけど？」

「ちょっと待ってくださいね。詳しく調べてみます」

女神は彼らのそばにしゃがみこむと、その顔をじいっと見つめた。

彼女にしかわからない何かがそこにあるのだろう。

「コレット？」

「ほっとけよ。ああいう顔して何もないところと話してる時は、マジで女神と会話してるから」

「……本当に？」

いろいろ見たあとでも、まだ信じられないらしい。

幼馴染は、はじめて会った少女を見るような目で私を見る。

ちょっと居心地悪いけど、事実だからなあ。

「……そうですね、なんとかなるかも」

しばらくして女神が顔をあげた。

「コレットさん、こちらを見てください」

女神は獣人の服の胸元を広げた。心臓の上あたりに黒々とした不気味な模様が刻まれている。

「これは服従の呪いを刻んだ焼き印です。彼らは邪神に直接支配されているわけではありません。呪いの力で支配されているんです」

「直接支配と呪いの支配って、違うんだ？」

どっちも支配には変わらないと思うのだけど。

「つながりの強さが全然違うんですよ。アギトの姫エメルはその中でも特に強い支配を受けています。獣人たちも同程度の支配を受けているように見えたのは、彼女がそばにいたからでしょうね」

「獣人はエメルに比べてつながりが弱い、ということは呪いを解ける？」

「さきほど、まんまとエメル姫の追跡をかわしましたからね。ディーの治療を差し引いても、この程度は消費してよいと思います。ですよね、ディー」

運命の女神に意見を求められたディーは、静かにうなずく。

「はい、私も彼らの解呪を推奨します」

「わかった。じゃあ呪いを解いてあげて」

「は〜い」

女神の手が獣人たちの体に触れる。

そのとたん、一瞬女神の輪郭がほどけて、光り輝く神々しい姿へと変わる。久しぶりに見た、神としての姿だ。

「いたいのいたいの、とんでいけ～」

しかし、唱えた呪文ですべてが台無しになった。

膝小僧をすりむいた子どもじゃないのだから。

彼女が見えるのが私とディーだけでよかった。こんなもの、オスカーやルカに見せたら信仰心が失せてしまう。

「はい、これでオッケーですよ」

女神が体を起こして、元の姿に戻る。

獣人たちの胸元からは、呪いの印がキレイさっぱり消えていた。

呪文は雑だけど、効果はしっかりあったらしい。

「ええと……呪いが消えたから、このふたりがエメルに操られることはなくなったみたい」

私が振り返ると、オスカーもサイラスも真っ青になって固まっていた。

一度どころか、二度三度と奇跡が起きてるからなあ。

驚いて絶句するのも無理はない。

ルカはというと、いい加減慣れたのかのんびりモードでくつろいでいた。

「じゃあこのまま連れていって大丈夫だな」

どころか平然と獣人を受け入れている。

逆境を乗り越えた少年王子、強い。

サイラスが大きくため息をついた。彼も何かをあきらめたっぽい。

「ともかく、コレット姫をお救いするという、当初の目的は果たせたのです。このまま国境を目指しましょう」

騎士三人に加え、馬車まで手に入ったのだ。

旅路はさらに楽になるだろう。

しかしというかやはりというか。

そう簡単に国境を通過することはできなかった。

国境戦線異常あり

「オスカー、あれはなに？」

翌日、国境を目指す馬車の中から幼馴染にたずねた。オスカーは峠の先へと琥珀の目を向ける。そこには高さ十メートルはあろうかという、巨大な石像が建っていた。山頂の岩を直接掘って作ったようだ。

「あれは創造神の像だ」

「うえ～……」

創造神と聞いて、なぜか運命の女神が嫌そうな顔になった。

同じ派閥の神様じゃなかったっけ？

「仕事中にわざわざ上司の顔なんか見たくありませんよ」

むしろ仕事中だから上司の顔を見ることになるのでは。

神様の事情はよくわからない。

「何十年か前に、サウスティとイースタンの交易路の安全を願って、両国が協力して建てたらしい」

「平和の象徴ってやつかな?」

「はっ、今じゃ笑い話にもならねえな」

ルカがシニカルな笑いを浮かべる。

イースタンの一方的な婚約破棄からの宣戦布告だものね。サウスティとイースタンの平和なんて言葉は、この何日かの間で完全に消し飛んでしまっている。

「峠を越えれば、下に関所が見えるはずです。あそこまで行けば……」

ごとん、と音を立てて馬車が坂道を登りきる。私たちはその先を見下ろして、全員で言葉を失った。

「ええ……?」

「嘘だろ?」

そこには、関所を背にしてにらみ合う兵士の群れがあった。

「どういうこと? 関所側に並んでるのは、サウスティの兵よね?」

オスカーにたずねると、彼も大きくうなずく。

「ああ。兵装に見覚えがある。あれは父上の部隊とガラン伯爵の部隊……近衛の一団もいるな」

「手前はイースタンの兵ですね。正規軍と傭兵に加えて、あちらも近衛騎士団が加わっているようです」

国境でサウスティとイースタンの兵がにらみ合い。

もしかしなくてもまずい状況である。

「ただ、すぐに戦闘が始まるわけではなさそうですよ」

ディーがアイスブルーの瞳で国境前を見つめる。

彼の目には何が映っているのだろうか。

「両陣営の間で、テーブルとイスを用意している兵がいます。交渉の準備ではないでしょうか」

「レイナルド陛下は、コレット救出の時間稼ぎのために一度交渉の席につくとおっしゃっていた。もしかしたら、そのための場かもしれない」

私は運命の女神を振り返る。

「サウスティーの陣営に、誰がいるかわかる？」

「そうですね……まずコレットさんのお兄さんのジルベール殿下。オスカーさんのお父さんの騎士団長さんと、ガラン伯爵もいらっしゃいますよ」

「お兄様もいるの？」

「コレット？」

「ジルベールお兄様があそこにいるみたい。オスカーのお父様とガラン伯爵も」

「王弟自らあんなとこまで来てんのかよ⁉」

ルカが思わず声をあげる。

「いくら妹姫のためとはいえ、危険すぎですよ、殿下……」

「さすがにレイナルド兄様までは来てないよね？」

私に詰め寄られ、女神はこくこくと頭を上下させた。

「レイナルド国王と、その奥様は王城に残ってますね。万一のことを考えて、王族を分散させているのでしょう」

「逆に、イースタン側は誰が来てるんだろう？ ジルベール兄様が来るとなったら、イースタン王かアクセルが来るはずだけど」

「そこはわかりませんね……邪神の関係者と私の力は相性が悪いので」

女神はイースタンの王城に残されたイーリスのことは生死くらいしかわからないと言っていた。私たちを追ってきたエメルの動向についてもいっさい把握していなかったし、本当に見通せないのだろう。

「しかし……妙な布陣ですな」

サイラスが国境前に並ぶ兵を見て、眉をひそめた。

「何がおかしいの？　ジルベール兄様の陣に異常があるとか」

老兵は首を振る。

「いいえ、陛下に問題はありません。堅実な布陣といっていいでしょう。おかしいのはイースタンです」

「敵側が……？」

オスカーもじっとイースタンの兵をにらむ。

「数が少なすぎる。交渉が目的で、戦闘をする意志がないとしても、相手が兵を率いているんだから、相応の兵で出迎えるべきだろう。あの程度では、ひとたびジルベール様が号令をかければ、抵抗する間もなく全滅させられるぞ」

「そんなに差があるんだ？」

兵を率いたことのない私には、全然違いがわからない。

でも、サイラスもオズワルドも、ディーも否定しないってことはそうなのだろう。

ディーが静かに情報を付け加える。

「そもそも、今のイースタンに大規模侵攻は不可能なはずです」

「なぜそう思う？」

「王城に蓄えられていた軍糧が全部焼失しているからです」

「そういえば、城を出てくるときに焼いたんだっけ」

「……王城の火事は、コレットたちが原因か」

オスカーたちの顔が別の意味で青くなる。

「よ、陽動のためにしかたなくだよ！　被害が大きくなりすぎないよう、調整もしたし！　そうだよね、ディー」

「ええ。人的被害は最小限に抑えました」

その分、戦争に必要な資材は景気よく燃やしたけど。

サイラスが何度か目の諦めのため息をついた。

「……とはいえ、敵が少数なのは好都合です。見張りの目をぬすんで、サウスティ軍に近づきましょう」

「私がお兄様たちに合流したら、交渉とか必要なくなるもんね」

私たちはいったん馬車から降りる。

今までお世話になった荷馬車だけど、こんな大きなものに乗って近づいたら、すぐに発見されてしまうだろう。

「荷物は最低限でいい。念のため、ルカ王子はまだ女子の格好をしていてください。俺が先導するので……」

てきぱきと指示を出していたオスカーの姿が、急に暗くなった。

空から降り注いでいた日光が遮られたのだ。

雲が出てきたにしては急すぎる。不思議に思って、空を見上げたら、異様なシルエットが空を舞っていた。

「なに……あれ？」

それはトカゲのような姿をしていた。

鱗に覆われた体に幅数メートルはあろうかという大きな翼。

現代日本の恐竜図鑑に載っている翼竜に似ているようで、似ていない。

翼は確かに翼竜っぽいけど、体はワニやイグアナに近かった。

「ワイバーン……？」

老兵が呆然と、伝説にしか登場しない生き物の名前を呼んだ。

しかしその呼び名こそ、あの空飛ぶトカゲにふさわしい。

なぜこんなところに、伝説上のドラゴンがあらわれたのか。

その疑問にはすぐ答えが与えられた。

イースタン陣営のどこからか、ラッパの音が響いたかと思うと、ワイバーンがサウスティ兵に向かっていったのだ。

それも一頭や二頭じゃない。

数十頭の群れとなって、巨大な獣が軍勢に突っ込み、騎士たちをなぎ倒していく。

「なんなの……なんなのあれ！」

私はディーの袖を引っ張って叫ぶことしかできなかった。

ファンタジー世界といっても、ゲームごとにリアリティラインは違う。女神だとか奇跡の力とか、言ってても、この世界には物理法則を無視して空を飛ぶ巨大怪獣までは存在しなかったはずだ。

コレットの生きた十七年の記憶の中でも、それらはすべておとぎ話の住人だ。

「……奥の手」

ディーはつ、と指を眉間にあてた。

「イースタンの作戦をさんざん妨害したはずなのに、女神の力が思うように増えない、と言っていたでしょう？　彼らの奥の手はこれだったんです。資材がなくても、兵が少なくても関係ない。伝説にしか存在しないはずの生き物を使役して、敵軍を襲うことができるのだから」

私は戦場を見下ろした。

サウスティ王国軍は大混乱だ。

だって、どんな歴戦の騎士でも『ワイバーンと戦う方法』なんて知らないのだから。

私は胸元から虹瑪瑙のペンダントを引っ張り出す。

石は金色に輝いていた。

ここまで温存してきたから、それなりに力は残っているはず。

「ディー、奇跡の力でワイバーンを倒して！」

「相手は邪神が直接召喚した怪物です。不可能とは言いませんが、よくて一頭がいいところでしょう」

数十頭のうちの一頭。

完全な焼石に水だ。

「一頭倒すたびに力を消費してたんじゃ、効率が悪いわね。だったら、兵器を作るのはどう？」

「兵器、ですか？」

「そう！　繰り返しワイバーンを殺せる道具を作るの。弓とか、大砲とか……」

「射出する武器は、攻撃のたびに矢や砲弾を生成するコストを必要とします」

「えーと、じゃあそのまま殴るとか切るとか……でも、ただ剣を作っただけじゃダメだよね。ワイバーンは大きいし、飛ぶし」

「あのサイズ感が問題ですよねえ」

ううん、と女神も戦場を見ながら腕を組む。

「同じサイズで攻撃できたら楽なんだけど」

「巨大化はお勧めしませんよ？」

「だったら巨大な何かを使うとか……そうだ！」

私は丘の頂上を振り返った。

そこには岩を削って作られた創造神の像がある。

「ディー、アレって改造できない？」

「は？」

「創造神を祀った像ってことは、同じ派閥の女神の力を受けやすいのよね？ 石像に力を付与して、ワイバーンと戦わせられないかな？」

「あれを、ですか……？」

ディーはアイスブルーの瞳で巨大な石像を見つめた。

そのままのポーズでぶつぶつと何かをつぶやき始める。

「ＡＩを搭載して自律行動させる？ いや、コストが足りない。遠隔操作も距離に比例して消費量が増加する……中に乗り込んで操縦……しかし、私ひとりでは係数が……」

「ディー？」

「ぎりぎり、いけなくは、ありませんが」

「問題は何？」

「遠隔操作ができません。私とコレット様が直接乗り込む必要があります」

「いいわ、連れていって」

「コレット！」

即決した私を見て、オスカーが声をあげた。

「ここにいたって、お兄様も私も死ぬだけだわ。それに、ディーは勝算のない提案はしない」

「理解が早くて助かります。こちらへ」

ディーが私の手を引く。

石像の足元まで来ると、その手を石像にあてさせた。

「これから石像を作り替えます。コレット様は、触れたまま完成イメージを心の中で思い描いてください」

「え、改造するのに私のイメージがいるの？」

「聖女の祈りは強力な触媒なのです。何でもいい、強くて頼もしい存在を強く願ってください。イメージを頼りに私が調整して完成させます」

「えぇー……いきなりそんなファンタジックなことできるかな」

箱入りお姫様のコレットにそんな知識ないけど。

「でしたら、紫苑の知識は？アニメでもゲームでも、強い存在はいくつも見てきたでしょう」

「ええと……いや、うん。やってみる」

迷っている暇はない。

私はとにかく目を閉じる。

大丈夫かな。

紫苑の知識もだいぶ偏ってるのだけど。

でも、わたしがまごまごしてたら、その分人死にが増えてしまう。

私は石像に手をあてたまま、イメージを思い描いた。

強い存在……強い存在……ワイバーンを倒せる存在。

それも、ただ強いだけじゃダメだ。丈夫で、何度でも使えて、低コスト。

私とディーが乗り込んで操縦しやすくて。

あれ？ これってロボットもののアニメとかに出てきそうだな？

「できましたよ」

ディーの声に、はっと目をあけた。

何をどうやったのか、ごつごつした石像がすっかり姿を変えている。

「うえ……？」

私が思わずうめき声のような声を漏らしてしまったのは、当然の話だと思う。

そこにあったのは、白銀に輝く鎧型の巨大ロボットだったから。

しまった、ロボットものアニメとか考えるんじゃなかった‼

「何これ」

呆然とする私の横で、ディーはしれっとした無表情を崩さない。

「何って、コレット様が想像した強い存在ですよ」

「明らかに巨大ロボットじゃん！ お台場とかに立ってるあれじゃん！ こんなデザイン大丈夫？ 著作権がどうとかで訴えられない？」

「異世界に来てまで訴訟なんか起こせませんよ」

「それはそうだけど」

ロボットはなぜか長い棒状の武器を持っていた。

先端に重りがついた鈍器《どんき》。

いわゆるメイスというやつだ。

確かに、剣や刀に比べて、壊れにくくて何度も使えそうだけど。

装備が生々しすぎて怖い。

「時間がありません、行きますよ」

がく、と巨大ロボットが膝をついた。

お腹の装甲が開いて、コックピットが姿をあらわす。

こんな構造までアニメそっくりだ。

ディーは私を抱き上げると、ロボットの中に乗り込んだ。

コックピットの中には縦にふたつ並んで椅子が設置してある。そのうち、奥側の座席に私を座らせ、シートベルトをセットする。

「私が操縦します。コレット様はとにかく、そこに座っていてください」

私がここに乗り込むのは、女神の力の節約のためだもんね。

おとなしくしてますとも。

虹瑪瑙のペンダントを見ると、石はほぼ真っ黒になっていた。石像の改造に力のほとんどを使ってしまったらしい。

作った道具の維持に力はいらないけど、動かすにはそれなりの力が必要だ。

すべての力がなくなるまでに、どうにかしなくちゃ。

前の座席にディーが座ると、お腹の装甲が閉じた。まわりの壁が液晶モニターに切り替わる。

「行きます」

ぐん、と後ろ向きに重力が加わったかと思うと、ロボットは走り出した。

あっという間にワイバーンへと近づいていく。

銀の鎧型ロボットという新たな存在に、戦場のすべての視線が集まる。

一番手前にいたワイバーンが、不思議そうな顔でこっちを見た次の瞬間、その脳天にメイスの先端が落とされた。

べしゃ、とワイバーンは地面に叩き落とされる。

「これでひとつ……！」

ワイバーンが倒されたからだろう。

虹瑪瑙がほんの少し青い光を取り戻した。

「ディー、回復してる！」

「ではその燃料がなくなる前に、次のワイバーンを倒します！」

ぶん、とロボットがまたメイスを振るう。

ロボットが大きな動きをするたびに、虹瑪瑙の色が暗くなる。

敵を倒して力を補充して、その力がなくなる前にまた敵を倒す。

とんでもない自転車操業バトルだ。

「はあっ！」

またロボットがメイスをワイバーンに叩きつけた。

重い一撃はかすっただけでも大ダメージだ。

羽を破られ、ワイバーンが地面に落下する。身動きがとれなくなったところに、とどめを刺したら、石の色がまた明るくなった。

倒して、倒して。

気が付けば石の色はまた明るい青へと戻ってきている。

「ディー、女神の力が」

「わかっています」

ディーがロボットの体をイースタン陣営に向ける。

いつの間にか、人間の兵士たちはこちらから距離をあけていた。

「退却するようです」

「奥の手を倒されたんじゃ、逃げるしかないよね」

ワイバーンも、その体を翻す。

劣勢とみて彼らも退却するみたいだ。

作戦失敗が確定したからだろう、虹瑪瑙は青から緑、緑から黄に変わり、さらに虹色の光を放ちだした。

「なんとか……なった？」

「そうですね」

ロボットが動きを止める。

イースタン兵も、ワイバーンも、もう姿はなかった。

ほっと息を吐いたと同時に、まわりからわあっという歓声があがった。

「な、なにごと!?」

慌ててモニターを見ると、サウスティ兵がロボットを取り囲んで大騒ぎしていた。

ロボットの装甲ごしに声が響いてくる。

「神だ！」

「神が降臨された！」

「創造神様の御使いだ！」

彼らは涙を流してロボットを拝んでいた。

「えええ……なにごと？」

「彼らにしてみれば、突然創造神の石像がロボットに変身して、邪竜を倒したわけですからね。当然の反応ではないでしょうか」

「ええ……」

いやそんな大したモンじゃないと思うのだけど。

あれ？　どうしよう。

今コックピットあけて中から出てきたら、とんでもないことになりそうだ。

私自身が神様として祀られかねないのだけど。

「何をいまさら。あなたはそもそも、女神の天啓をうけた聖女でしょうが」

そうなのだけど。

確かにディーの言う通りなのだけど。

「どうしよう、これ……」

私はコクピットに座ったまま、頭を抱えた。

書籍版特典ＳＳ

クソゲー攻略中（紫苑視点）

「ただいまー」

少年の声で、私は課題から顔をあげた。見上げた先の時計はすでに四時近い。作業に集中していて、すっかり遅くなってしまったらしい。

部屋から廊下に出ると、玄関には男の子がひとり立っていた。うちのお隣に住む十歳年下の御近所さん、門倉雪那だ。

「おかえり、雪那《せつな》」

雪那は苗字も名前も国籍も日本人だけど、その見た目はあまり日本人ぽくはない。

淡いバラ色の頬にきらきらと輝く銀の髪、瞳は透き通るようなアイスブルー。一瞬ビスクドールと見間違えてしまいそうな、北欧系の美少年だ。

雪那の見た目がこうなのは、もともとお父さんがラテン系の血を引くダブルだったことに加えて、お母さんが北欧系のダブルだったかららしい。

私が雪那に出会った時には、もうお母さんは離婚して母国に帰ってしまっていたので、彼が母親にどれくらい似てるのかは知らないのだけど。

雪那は玄関に私の姿を見つけると、青い瞳をちょっと見開いた。

「今日は綾子おばさんの日じゃなかったっけ？」

平日は学校が終わってから雪那のお父さんが帰ってくるまで、うちで雪那を預かるのが花邑《はなむら》家と門倉家の取り決めだ。彼の面倒を見るのはだいたいパート主婦の母か学生の私の役目だ。二年前に大学に進学してからは、私が彼を出迎えることは減っていたのだけど。

「同級生と駅前でお茶会だって。そのまま晩御飯も食べてくるみたい。だから今日は私が雪那担当！」

「いいの？　水曜は五限まで授業あったでしょ。僕のせいで紫苑《しおん》を休ませるなんて……」

慌てる雪那の頭を私はかき回す。

「雪那はそんなこと気にしなくていーの！　午後の授業はリモート参加可だから、昼休みに帰ってきてても、パソコンをつないでたら、ちゃんと単位がもらえますー」

今時の大学生は、受講手段が幅広いのだ。

お隣さんのために時間をあけるくらい、簡単である。

それに、雪那との時間は無理してでもあける価値がある。

「お互い進級してから、あんまり時間が合わなくなってたじゃない。たまには私と遊んでよ」

「大学生なのに小学生を遊びに誘うとか、物好きだよね」

そう言いながらも、雪那の顔がうれしそうにほころぶ。

自分だって遊びたかったくせに、うちの弟分は素直じゃない。

ツンデレな顔がハイパーかわいくなかったら、許してないからね？

まあ、雪那はだいたい何やっててもかわいいから、結局全部許しそうな気がするけど。

「まずは手を洗ってきなよ。おやつ食べながら遊ぼう」

「うん」

雪那を洗面所に誘導してから、私はリビングに向かう。気合をいれて遊ぶつもりだったから、おやつの準備も万端だ。

「今日は何があるの？」

冷蔵庫を覗き込んでいたら、雪那がひょこっと顔を出す。

「満月堂のチョコケーキ」

「マジで？ 人気すぎて、なかなか買えないやつじゃない」

そして、雪那イチ押しのお気に入りケーキでもある。

「大学から帰ってくる途中でお店を覗いたら、ちょうど最後の一個だったんだ～！ いいでしょ」

「うん！」

ぱあっと顔を輝かす美少年、パーフェクトかわいい。

このまま頭をなでくりまわしてぎゅーしたいところだけど、ぎりぎりのところで我慢する。

甘えたいさかりのはずの十歳の少年は、どうしてかお姉ちゃんのスキンシップを全力拒否するからだ。

せっかくの遊びタイムに険悪になりたくない。

四つ上の尊《たける》兄さんが構う時には、頭をなでられても担がれても、素直に喜んでるのに、この差はなんなのだろう。

解せぬ。

「何して遊ぼうか、ゲームでもやる？」

「うーん、まだクリアしてないゲームってあったっけ」

雪那はランドセルを開くと、中からノートパソコンを引っ張り出した。学校から授業のために配られているやつじゃない。本格的なプログラム開発ができるゴツいやつだ。うちに来る前に、自分の家に寄って持ってきたのだろう。

電源をいれると、そこにはびっしりとゲームのアイコンが並んでいた。

そう、うちの弟分は齢《よわい》十歳にして、ゴリゴリのゲーマーだった。

それもややディープな廃人寄り。

雪那のお父さんがあまり生活に干渉しないのをいいことに、インディーズゲームをこれでもかとインストールして遊んでいる。

……私は知ってて、あえて止めていない。

なぜなら雪那は天才少年だからだ。

寝てたって全国テストで一位が取れるような子に、学年カリキュラムにあわせた勉強をさせても意味がない。それより、ゲームを通して学校教育以外の知識を蓄えさせたほうがずっと有意義だと思う。

情緒に悪影響が出そうな年齢制限コンテンツは、自分でちゃんと避けてるしね。

「このゲームは？　妙にかわいいデザインだけど」

雪那のデスクトップに見慣れないアイコンを見つけて、私は思わずたずねてしまった。

ピンクのハートマークをベースにした、いやにかわいらしいデザインだ。

頭脳戦ゲームを好む雪那にしては珍しい。

「これは、僕が作ってるゲーム」

「雪那が？」

確かにこれだけ頭がよかったら、自分でゲームを作り出してもおかしくないと思っていたけど！

「イトコのメイねえちゃん知ってるでしょ、ゲーム会社に勤めてる」

「……そういえば、そうだっけ」

言いながら、雪那に関する記憶を掘り返す。

雪那のイトコのお姉さん……いたような気がする。たぶん。

「かかわってるゲームの開発がうまくいってないから、手伝ってくれって頼まれて」

「ええええ……会社の仕事手伝ってるの？　小学生が？」

いくら天才少年でも、マズくない？

「法律にそった契約を結べば、十五歳以下でも就労が認められてるよ。ちゃんと保護者の許可ももらってるし」

「雪那パパ、そういうとこは懐深いもんね」

しかも依頼主は身内。

安心して始められるバイト、というわけだ。

それにしたって、十歳でプログラマーデビューはだいぶ早い。

「報酬が出たら、紫苑に何かプレゼントするよ。欲しいものとかある？」

「えっ。いいよ別に」

子どものお小遣いを取り上げるような真似はできない。

反射的に断ったら、すっと雪那の顔から表情が消えた。

「……っ」

お人形のように整った美少年の真顔は、子供なのに妙な迫力がある。

え？　どうしたの？

私のセリフの何が悪かったの？

そんな顔されるようなこと、言った覚えないんだけど。

「……僕のプレゼント、いらない？」

ややあって、雪那は絞り出すようにつぶやいた。

「あ！　ええと」

鈍い私はそこでやっと、彼が仕事を請けた理由に気づいた。

雪那は単にお金がほしかったんじゃない。

自力で私にプレゼントを贈りたかったんだ。

日頃の感謝とか、大好きだよって気持ちを、くれるために。

断るなんて、母の日に子どもからのプレゼントを拒否するようなものである。

それはいくらなんでもダメだろう！

「そのう……ほしいものがないわけじゃ、ないんだけど」

私は、雪那におねだりするため、必死に頭をフル回転させる。

ケーキ……いや、食べ物はダメだ。

せっかく雪那が初めて自分で稼いだお金のプレゼントだ。後に残るものがいいだろう。

かといって、普段使わないものはプレゼントし甲斐がないだろうし。

普段使いできるものでも、消耗品だと長く残しておけない。

雪那のお給料の範囲で買えて、私が持ち歩けて、なくさないもので。

「ピアス、とかどうかな」

「……そういえば、去年穴あけてたね」

「ふだんはあまりつけてないんだけど……邪魔にならない、小さくてかわいいピアスとか、ほしいなー？」

耳に直接つけるピアスなら、イヤリングや指輪と違ってそう簡単に落とさない。

それに、小さな石がちょっとついてるだけのアクセサリーなら、お手頃値段だ。

雪那のお給料でも手の届く範囲のものがあるだろう。

「ん……わかった」

こく、と雪那はうなずいた。

怒りのビスクドールが、いつものかわいい顔に戻っている。

私も心の中でだけ、大きな安堵《あんど》のため息をついた。

「あんまり急いで大人にならなくていいんだよ？」

「僕はさっさとお金を稼いで自立したいから、これでいーの」

「……あんまり急がなくても、私たちは君が成人するまでつきあうつもりなんだけどなあ」

本来赤の他人のはずの花邑家が、雪那を家族として面倒見ていることに、雪那が負い目を感じていることは知っている。

でもうちの家族、とくに私は雪那とかかわりたいから、かかわっているのだ。

変な遠慮はナシにしてもらいたい。

「僕が自立したいのは、そうじゃなくて……」

「うん？」

「もういい……」

全然よくなさそうな顔で、雪那はため息をつく。

悩みがあるなら、お姉ちゃんに相談してほしいなあ。

絶対に言わなさそうだから、これ以上追及しないけど。

きまずくなってしまった私は、別の話題をふってみた。

「メイさんが依頼してきたのって、どういうゲームなの？アイコンはかわいい系だけど」

ポップなデザインのパズルゲームかな？

それともアクション？

「……乙女ゲーム」

「はい？」

乙女ゲームってあれですか。

ヒロインがイケメンと恋愛するドキドキラブラブなアレですか。

十歳の少年の雪那と、乙女ゲームのイメージが重ならなくて、思わず聞き返してしまう。

「恋愛とかの演出は別スタッフ。僕が作ってるのは、データベースとかのシステムまわりだよ」

「な……なるほど？」

「ちょっとやってみる？」

「いいの？」

部外者の私が触ったら情報漏洩になってしまう。機密保持契約とか、大丈夫だろうか。

「少し遊ぶくらいなら大丈夫だと思う。メイねえちゃん、そういうところゆるいから」

メイさんがゆるくても契約書はゆるくないと思うの。

とはいえ、雪那が作ったゲームは気になる。

「僕も作ったゲームシステムが第三者からどんなふうに見えるか、気になるし」

「相手は身内だし、雪那のパソコン上でちょっと見てみるくらいなら、証拠も残らない、か」

「じゃあ起動するね」

そして、その好奇心が命取りだった。

「ちょ、ちょっと待ってちょっと待って！　嘘嘘嘘〜！」

十分後、雪那のパソコンの前で私は悲鳴をあげていた。

ゲームが全然進行しなかったからだ。

「なんでここで死ぬの⁉」

「王子に逆らったからじゃないかな」

「服従してても死んだじゃん！」

なんだこの理不尽ゲームは。

アクションを一回ミスしたら死ぬ。

選択肢を間違えたら死ぬ。

何やっても死ぬときは死ぬ。

とにかく死亡フラグのオンパレードである。

あまりにもヒロインが死ぬせいで、乙女ゲームのはずなのに、いっこうにイケメンが登場しない。

いや一応、ヒロインの婚約者だったアクセル王子も顔面デザインはイケメンだけど、敵国の姫君と浮気して婚約破棄してくる男性キャラは、断じて攻略対象ではない。

なんだこのクソゲー、というか無理ゲー。

「えええええ……これ、どうやって攻略すればいいの。先に進める気がしないんだけど」

「ここはね」

雪那がすっと横から手を伸ばしてきた。

私の代わりに、キーボードとマウスを軽快に操作しはじめる。

すると、なんということでしょう！

ヒロインがあっと言う間に監禁部屋から脱出したではありませんか！

「どうなってんの……これ」

「ここは、最初に選択肢でアクセルをやり過ごしたあと、看守から情報を入手して、アイテムを七つ集めて組み合わせて、それを順番に使って、最後はタイミングを合わせてスキップ三回からのダッシュだね」

「わかるか、そんなもん」

どこの高難易度脱出ゲームだよ。

断言していい。

女性プレイヤーに『乙女ゲームだよ！』って言って渡したら、開始五分で九割が脱落するぞ。

「これ、お仕事ってことは商用ゲームなんだよね……？　売れるかなあ……」

往年のコメディアンからの挑戦状ゲームに並ぶ、伝説の無理ゲーとして有名にはなりそうだけど。

「ん～……メイねえちゃんは、作ることに意義があるから、売れるかどうかは問題にしてないって、言ってた」

「それは商売としてどうなの」

販売意識のない開発は、会社をつぶしかねないと思う。

「僕はシステム屋だし、作業費がもらえれば市場の評価はどうでもいいかな」

「自分の作ったゲームをみんなが遊んでる！　っていう夢はないの？」

「そういう評価がほしいときは自分で企画から作る」

「……ごもっとも」

なぜ、私は十歳の子供に言い負かされているのだろうか。

解せぬ。

「はあ……ちょっと疲れちゃったね」

単なるゲームならともかく、相手は死んでばかりの無理ゲーである。

勝負に勝ったり、パズルを解いたりという成功体験皆無では疲労がたまる一方である。

「うん、ちょっとお腹すいたかも」

時計を見れば、針はそろそろ夕食時を示している。

「何か作ろうか。雪那は何か食べてたいもの、ある？」

「オムレツ。……たまごがふわふわのやつ」

「昨日も食べてなかった？」

というか、ここ数日はずっとメイン料理にオムレツを添えている気がする。

指摘すると、雪那は赤い唇をとがらせた。

「い、いいじゃない！　卵は完全栄養食なんだし」

「そうだけどね？」

「それに……紫苑のオムレツ、おいしいし」

「ぐはっ……！」

不意打ちをくらって、私は思わずうめき声をあげた。

突然の褒めセリフ、破壊力高すぎか。

ちょい照れクールビューティー系美少年がかわいすぎる。

そんなふうに言われたら作るしかないじゃないかー！

私はキッチンに移動すると、冷蔵庫のドアを開けた。

「メインはオムレツで、それから野菜ものは……ん？」

「どうしたの？」

私が首をかしげてるのに気が付いたんだろう。雪那もキッチンにやってきた。

「卵がもうない」

「そっか。じゃあ今日はあきらめて……」

残念そうな顔をしながらも、お行儀よく我慢する雪那に私は笑いかける。

「コンビニで卵を買ってこよう」

「いいの？」

卵がないくらいで、弟分の好物をあきらめるお姉ちゃんじゃない。

「まだ時間が早いし、それくらいお安いご用だよ」

それに、オムレツを食べて満面の笑顔を浮かべる雪那が見たい。

美少年の幸せ笑顔、プライスレス。

「じゃあ、僕も行く。……荷物、持つよ」

「うん、一緒におでかけしよう」

私たちは笑いあうと、ふたりで玄関に向かった。

あとがき

無理ゲー転生王女、お買い上げありがとうございます！

クソゲー悪役令嬢シリーズ、ついにスピンオフシリーズも書籍化とあいなりました！

舞台は本編シリーズより五百年前、聖女が建国王と手を結びハーティア王国を作った、という建国神話をひもとくお話になっています。

ある意味邪道ヒロインだったクソゲー悪役令嬢から一転、今回の主人公は王道転生王女ヒロインです！

とはいえ、ただの可憐なヒロインではおもしろくないと、コレットさんにもいろいろと面倒くさい属性をくっつけさせていただきました。ショタに弱いツッコミヒロインの奮闘をお楽しみください。

そして、コレットの周りにも面倒キャラが満載です。

コレット至上主義執着ヤンデレ従者ディートリヒを筆頭に、弟属性から抜け出せない幼馴染騎士オスカー、生き残りのためにはウソ泣き女装なんでもござれのクソガキ王子ルカ。そしてさらに、後ろから味方を刺してくるタイプのポンコツ迷惑女神『運命の女神』も堂々メインキャラの仲間入りです。

神様が味方についてるのに、ピンチになるってどういう状況。

そんな感じで、こちらのシリーズも山あり谷あり、ピンチ盛りだくさんの楽しい話にしていきますので、最後までお付き合いいただけると幸いです。

よろしくお願いします！

二〇二四年十一月　タカば

著者紹介

タカば

香川県出身。大学卒業後、会社員をしながらインディーズノベルゲーム製作にハマり、勢いでゲーム会社に転職。現在はフリーシナリオライターとして活躍中。

イラストレーター紹介

四葉 凪（よつば なぎ）

福岡在住。フリーイラストレーター。ゲームも漫画も映画も小説も好き。紅茶と珈琲と甘味が生命線。

◎本書スタッフ
デザイン：中川 綾香
編集協力：深川 岳志
ディレクター：栗原 翔

●著者、イラストレーターへのメッセージについて
タカば先生、四葉凪先生への応援メッセージは、「いずみノベルズ」Webサイトの各作品ページよりお送りください。URLはhttps://izuminovels.jp/です。ファンレターは、株式会社インプレス・NextPublishing推進室「いずみノベルズ」係宛にお送りください。

IZUMI
izuminovels.jp

●底本について
本書籍は、『小説家になろう』に掲載したものを底本とし、加筆修正等を行ったものです。『小説家になろう』は、株式会社ヒナプロジェクトの登録商標です。

●本書の内容についてのお問い合わせ先
株式会社インプレス
インプレス NextPublishing　メール窓口
np-info@impress.co.jp
お問い合わせの際は、書名、ISBN、お名前、お電話番号、メールアドレス に加えて、「該当するページ」と「具体的なご質問内容」「お使いの動作環境」を必ずご明記ください。なお、本書の範囲を超えるご質問にはお答えできないのでご了承ください。
電話やFAXでのご質問には対応しておりません。また、封書でのお問い合わせは回答までに日数をいただく場合があります。あらかじめご了承ください。

●落丁・乱丁本はお手数ですが、インプレスカスタマーセンターまでお送りください。送料弊社負担にてお取り替えさせていただきます。但し、古書店で購入されたものについてはお取り替えできません。
■読者の窓口
インプレスカスタマーセンター
〒 101-0051
東京都千代田区神田神保町一丁目 105番地
info@impress.co.jp

いずみノベルズ
クソゲー悪役令嬢外伝 無理ゲー転生王女①
バグしかないクソゲーに転生したけど、絶対クリアしてやる！

2024年11月29日　初版発行Ver.1.0（PDF版）

著　者　タカば
編集人　山城 敬
企画・編集　合同会社技術の泉出版
発行人　高橋 隆志
発　行　インプレス NextPublishing
〒101-0051
東京都千代田区神田神保町一丁目105番地
https://nextpublishing.jp/
販　売　株式会社インプレス
〒101-0051　東京都千代田区神田神保町一丁目105番地

●本書は著作権法上の保護を受けています。本書の一部あるいは全部について株式会社インプレスから文書による許諾を得ずに、いかなる方法においても無断で複写、複製することは禁じられています。

©2024 Takaba. All rights reserved.
印刷・製本　京葉流通倉庫株式会社
Printed in Japan

ISBN978-4-295-60280-4

NextPublishing®
●インプレス NextPublishingは、株式会社インプレスR&Dが開発したデジタルファースト型の出版モデルを承継し、幅広い出版企画を電子書籍＋オンデマンドによりスピーディで持続可能な形で実現しています。https://nextpublishing.jp/